NAME: Nick Schwarzbusch
Liegt ein Auge auf dem Tresen, ist ein Zombie da gewesen!
Nick Schwarzbusch
LOCH NESS
ER IST TOT!
orscher:
s stammt
Dracula ab
Schwarzbusch
Ende des
noch so
ibrig?
GESUCHT
NEUES MITGLIED

Dieser Sammelband enthält die folgenden Einzeltitel:
Band 4: Der Geist aus dem Dschungel
Band 5: Der Vampirsarg
Band 6: Die Rückkehr der Titanic

verlegt durch EGMONT Verlagsgesellschaften mbH,
Gertrudenstraße 30–36, 50667 Köln

Umschlaggestaltung: Maximilian Meinzold, München
Titelbild und Innenillustrationen: Melanie Miklitza
Satz: Greiner & Reichel, Köln
Printed in the E. U. (675292)
ISBN 978-3-505-13412-8

14 15/8 7 6 5 4 3 2 1

MIX
Papier
FSC FSC® C017859

GRUSEL CLUB

Geistertanz auf der Titanic

von
Thomas C. Brezina

Illustriert von
Melanie Miklitza

Schneiderbuch
EGMONT

DER GEIST AUS DEM DSCHUNGEL

KNACKEN UND SPLITTERN

Pünktlich um sieben Uhr betrat Direktorin Nagel das Schulhaus. Noch ahnte sie nicht, was sich hier in der Nacht ereignet hatte. Nachdem sie ihren Mantel im Büro aufgehängt hatte, brach sie zu einer Runde durch das Schulhaus auf.

Jeden Nachmittag, nachdem der Hausmeister die Klassenzimmer gefegt hatte, sperrte Frau Nagel sie eigenhändig ab. Warum sie das tat, konnte sie sich selbst nicht genau erklären. Aber sie hielt schon seit vielen Jahren an dieser Gewohnheit fest.

Am Morgen schloss sie zuerst die Türen im Erdgeschoss und dann die Türen im ersten Stock auf.

Es war Dienstag, der 14. Mai. Sie war gerade beim vorletzten Klassenzimmer im Obergeschoss angelangt, als sie stutzte. Verwundert runzelte sie die hohe Stirn und zupfte nervös an ihrer kunstvollen Turmfrisur. Dann legte sie vorsichtig das Ohr an die Tür.

Sie hatte sich nicht verhört. Aus der Klasse kamen Geräusche. Es schien sich jemand darin aufzuhalten. Frau Nagel hörte Rascheln, das Knacken von Bleistiften, die in der Mitte durchgebrochen wurden, und das Splittern von Holz.

Ihre Hand zitterte, und ihre Finger waren feucht, als sie den Schlüssel ins Schloss steckte und ihn herumdrehte.

Sie zögerte. Sollte sie nicht doch besser den Hausmeister holen? Vielleicht war ein Einbrecher in der Klasse.

„Unsinn", sagte sie streng zu sich. „Kein Mensch bricht in eine Schulklasse ein. Das ist bestimmt nur ein Schüler, der sich einen Scherz erlaubt. Aber der kann was erleben!"

Sie drückte die Klinke nieder und riss die Tür auf.

Ein kühler Windstoß wehte ihr ins Gesicht.

„Komm raus, dann fällt deine Strafe etwas milder aus!", rief Frau Nagel.

In der Klasse blieb es still.

„Ich zähle bis drei. Wenn du dann nicht aus deinem Versteck kommst, hole ich dich. Ich warne dich: Du kannst von der Schule fliegen, und das wird dir eine Menge Ärger bescheren! Also eins ... zwei ...!"

Niemand zeigte sich.

Die Direktorin richtete sich straff auf. Normalerweise gaben alle Schüler klein bei, wenn sie ihre Stimme hörten. Frau Nagel war für ihre Strenge bekannt.

„... drei! Du hast es nicht anders gewollt!", rief die Direktorin. Sie betrat den Klassenraum und sah sich suchend um.

Die Stühle standen wie immer auf den Tischen. Der Schrank, in dem Bücher und Malsachen aufbewahrt wurden, war abgeschlossen.

Frau Nagel warf einen Blick unter den Lehrertisch, der vorne und an den Seiten verkleidet war und ein gutes Versteck abgab. Aber niemand kauerte darunter.

Sie trat an das hinterste Fenster, das nur einen kleinen Spalt offen stand. Selbst für einen Erstklässler wäre es unmöglich, hier in die Klasse zu klettern.

Wie war der Eindringling in das Klassenzimmer gekommen? Und wo hatte er sich jetzt versteckt? Frau Nagel schluckte heftig und sah sich nun mehr ängstlich als streng um.

Ihre Augenbrauen schossen in die Höhe. Von hier hinten sah sie auf die Fächer unter den Schultischen. Es war unglaublich! Wer hatte das gemacht?

DIE STATUE

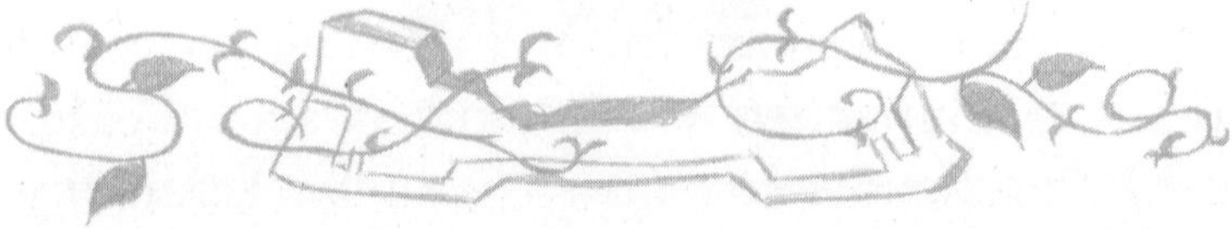

Jupiter Katz war an diesem 14. Mai wieder einmal besonders spät dran. Schuld war das einzige weiße Hemd seines Vaters. Jupiters Mutter war schon vor langer Zeit gestorben, und seitdem kümmerte er sich um den Haushalt.

Der Professor sollte an diesem Tag in einer Fernsehsendung auftreten und wollte dafür seinen besten Anzug anziehen. Dazu passte aber nur ein weißes Hemd, und das lag völlig zerknittert ganz unten im Schrank.

Jupiter hatte es nach dem Frühstück noch gebügelt. Weil er das gut und sorgfältig machte, war er viel später als sonst zur Schule aufgebrochen.

Fünf Minuten vor dem Klingeln bog er auf seinem Fahrrad in den Schulhof ein. In der Nacht war ein schweres Gewitter niedergegangen, und der Fahrradständer war noch immer nass.

Als Jupiter sein Fahrrad abschloss, krächzte es über seinem Kopf. Er blickte hoch und sah seine Krähe Kox. Jupiter hatte sie vor zwei Jahren im Schnee gefunden. Sie war am Flügel verletzt gewesen, und er hatte sie mit nach Hause genommen und gesund gepflegt. Bald hatte sich gezeigt, dass es sich um keine gewöhnliche Krähe handelte. Sie war zahm, hatte großes Talent beim Nachmachen von Stimmen und Geräuschen und außerdem ein Gespür für Übersinnliches.

Aber warum war Kox ihm gefolgt?

Die Krähe ließ sich auf einem blühenden Baum im Schulgarten nieder und schlug aufgeregt mit den Flügeln. Dazu gab sie klagende Laute von sich.

„Hör auf! Es gibt hier leider ein paar Verrückte, die Steine nach Krähen werfen!", rief Jup. „Flieg heim, los!"

Kox dachte nicht daran, sondern flatterte weiter nach hinten in den Schulgarten. Von dort kam nun ein lautes, fast wütendes Krächzen.

Jupiter stöhnte, warf sich den Rucksack über die Schulter und stapfte los, um nachzusehen, was Kox so aufregte.

Der Schulgarten bestand aus einigen alten, knorrigen Bäumen und verwilderten Büschen. Dazwischen befanden sich Gemüsebeete, die in den vergangenen Jahren von verschiedenen Klassen angelegt worden waren. Die meisten waren aber nur ein paar Monate gepflegt und dann wieder vergessen worden.

Außerdem gab es einen Tümpel, in dem im Frühling die Frösche und Kröten quakten. Das Wasser war grün und schleimig und stank faulig.

Kox saß am Rande des Tümpels auf einem Ding, das auf den ersten Blick wie ein Baumstumpf aussah. Es war von Ranken und Moos überwuchert und steckte schief in der Erde. Mit dem Schnabel zupfte die Krähe an den grünen Schlingpflanzen. Sie konnte sich überhaupt nicht beruhigen, krächzte laut und schlug aufgeregt mit den Flügeln.

Jupiter kämpfte sich durch Brennnesseln und hohes Gras bis zu dem grünen Ding.

Es war kein Baumstumpf. Es war eine Figur aus Stein. Zwischen den Blättern der Pflanzen erkannte Jup einen Mund mit langen Reißzähnen, dämonische Augen, eine Halskrause, große Ohren und einen Kopfschmuck.

„Wie kommt die denn hierher?", wunderte er sich.

Er versuchte, die Statue von dem Grünzeug zu befreien, das sie überwuchert hatte. Der Stein fühlte sich eiskalt an. Die Oberfläche war aber weder rau noch hart. Jupiter erinnerte sie fast ein bisschen an … Haut.

Vorsichtig drückte er mit dem Finger auf eine Backe der Figur und zog ihn gleich darauf wieder erschrocken zurück.

„Mann, das … das gibt es doch nicht!“, keuchte er. Eine der Schlingpflanzen an der Figur bewegte sich. Sie hatte ein schwarzrotes Muster. Es war eine Schlange!

WAS GESCHAH IN DER 8A?

Vom Schulhaus kam das Schrillen der Glocke. Jupiter sprang auf und klemmte sich den Rucksack unter den Arm.

„Kox, wir hauen ab. Lass das Ding!“, warnte er seine Krähe. Als sie sich nicht rührte, scheuchte Jupiter sie weg. Mit protestierendem Krächzen erhob sich Kox in die Luft, drehte noch eine Runde über dem Schulgarten und flog dann Richtung Burg Falkenfels.

Jupiter fürchtete, am Schultor von Frau Nagel abgefangen zu werden. An diesem Morgen stand sie aber ausnahmsweise nicht auf ihrem Wachposten. So kam Jupiter ohne Strafpredigt in seine Klasse und ließ sich auf den Platz neben seiner Cousine Vicky sinken.

Ein Klicken im Lautsprecher kündigte an, dass eine Durchsage gemacht wurde. Die Stimme der Direktorin ertönte: „Alle Schüler bitte in den Festsaal kommen. So leise wie möglich.“

Jupiter und Vicky sahen einander fragend an. Was hatte das zu bedeuten?

Lautes, aufgeregtes Geplapper erfüllte den Festsaal. Frau Nagel musste mehrmals mit dem Fuß auf der Bühne aufstampfen, bis endlich Ruhe eintrat.

„In der Klasse 8A im ersten Stock haben Vandalen heute Nacht … äh … oder am Morgen … gewütet und das Schulmobiliar verwüstet. Der Schaden ist erheblich, und ich fordere die Übeltäter auf, sich freiwillig zu melden."

Jupiter hob die Hand.

„Jupiter Katz, du?", fragte Frau Nagel überrascht. Die Kinder im Saal drehten sich staunend um, und von überall murmelten Stimmen: „Was, der?"

„Äh, nein, ich habe damit nichts zu tun", beschwichtigte Jup schnell. „Ich wollte nur fragen, ob Sie etwas von der Statue am Teich im Garten wissen?"

Frau Nagel runzelte verärgert die Stirn. „Was spielt das jetzt für eine Rolle?"

„Über die Statue ist eine Korallenschlange gekrochen. Eine der giftigsten Schlangen der Welt!", erklärte Jupiter.

Ein Aufschrei ging durch den Festsaal.

Frau Nagel fiel die Kinnlade runter. „Falls das ein Scherz ist, kannst du mit einer Strafarbeit rechnen."

„Das ist kein Scherz!", beteuerte Jupiter.

Aber Frau Nagel beachtete ihn nicht weiter. „Ich fordere den oder die Vandalen noch einmal auf, sich bis heute Mittag zu melden. Sonst werde ich die Polizei einschalten!“, drohte sie. Dann schickte sie die Schüler in die Klassen zurück. Natürlich nahm keiner den direkten Weg. Alle wollten unbedingt einen Blick in den verwüsteten Raum werfen.

Von der Klassentür aus war nichts zu erkennen. Man musste an das hintere Ende des Raums gehen. Erst dann sah man, was geschehen war.

Vickys Bruder Nick war schon da, als sie und Jup das Zimmer betraten.

„Euch fallen die Augen raus“, versprach er ihnen.

Jupiter konnte es wirklich kaum fassen: aus den Fächern unter den Tischen waren große Holzteile herausgebrochen worden. Auf dem Boden lagen unzählige halbierte Bleistifte und Farbstifte. Auch von einigen Stühlen waren Teile der Rückenlehne abgerissen.

„Da hat jemand ganze Arbeit geleistet“, stellte Jup fest.

Vicky blickte über den Rand ihrer Brille. Ein Zeichen, dass ihr etwas komisch vorkam.

„Jungs, schaut euch das einmal genauer an. Ich kann mir nicht helfen, das sieht aus, wie …“

Sie hielt kurz inne.

„Nun rück schon raus mit der Sprache", sagte Jup ungeduldig.

„... wie Bissspuren", meinte Vicky. „Von einem riesigen Maul!"

EIN UNBEKANNTES WESEN

Herr Hurz, der Hausmeister, tauchte auf und scheuchte alle Schüler aus dem Raum. „Zurück in eure Klassen, der Unterricht hat längst begonnen!", polterte er.

Herr Hurz machte immer ein Gesicht, als hätte ihm jemand einen Liter Essig zu trinken gegeben und gleichzeitig mit dem Hammer auf die Zehen geschlagen. Die Schüler hatten ihm deshalb den Spitznamen „Sauerschleim" gegeben.

Als Vicky und Jupiter an ihm vorbeigingen, hielt er Jup an der Schulter fest: „Junger Mann, die Direktorin will dich in der großen Pause sprechen." Dabei schaute er Jupiter an, als würde er ihm schon jetzt leidtun.

„Na, bestens, ich kann es kaum erwarten", knurrte Jup.

Gleich zu Beginn der Pause klopfte Jupiter an die Tür von Frau Nagels Büro.

„Bitte eintreten!", ertönte eine scharfe Stimme.

Die Direktorin blickte von den Papieren auf ihrem Schreibtisch auf. Sie nahm die Brille ab und sagte: „Jupiter Katz! Ich habe Herrn Hurz gebeten, den Schulgarten nach Schlangen abzusuchen. Er hat keine gefunden. Nach Auskunft des Zoos leben Korallenschlangen nur in heißen Gegenden. Es ist niemand im Umkreis von hundert Kilometern bekannt, der sich so eine Schlange als Haustier hält. Was also sollte vorhin dein Märchen bei der Schulversammlung?"

Jupiter ließ die Schultern sinken und seufzte tief. Es hatte keinen Sinn zu antworten. Frau Nagel würde ihm ohnehin nicht glauben.

„Danke, das reicht mir. Du erhältst eine Verwarnung. Bei drei Verwarnungen in einem Schuljahr fliegst du. Ich werde außerdem deinen Vater verständigen", kündigte die Direktorin an. „Und noch etwas: Die Hochspannungsleitung über dem Schulgarten hängt zu tief. Bis sie repariert ist, ist das Betreten verboten. Ich habe das bereits mehrere Male durchgesagt und verlange, dass meine Anweisungen eingehalten werden. Und jetzt kannst du gehen."

Am liebsten hätte Jupiter laut gebrüllt, als er das Büro verließ. Er hatte die Schlange gesehen. Er war doch nicht blöd! Der Tag war für ihn gelaufen.

Bis zum Mittag meldete sich niemand, der in der 8A randaliert hatte. Frau Nagel war darüber sehr verärgert. Sie hatte selbst nicht die leiseste Ahnung, wer hinter der brutalen Aktion stecken könnte. Wie sollte sie den großen Unbekannten finden?

„Früher oder später wird er sich selbst verraten“, hoffte sie.

An diesem Nachmittag kontrollierte sie alle Fenster und Türen doppelt. Sie klebte sogar Etiketten über die Schlüssellöcher. Es war völlig unmöglich, eine der Klassen zu betreten.

Am Mittwochmorgen hatte der große Unbekannte wieder zugeschlagen. Diesmal in den Räumen der 5B und der 6A. Abermals waren Schulfächer zerstört und Bleistifte zerbissen worden. Im Lehrertisch klaffte ein koffergroßes Loch.

Die Türen der Klassen waren am Morgen abgesperrt vorgefunden worden, die Schlösser unbeschädigt.

Am Donnerstag waren drei weitere Klassen verwüstet, schlimmer als zuvor. Die Polizei kam in die Schule, aber auch sie stand vor einem Rätsel.

Es gab kein anderes Thema mehr als die zerstörten Pulte, Stühle und Stifte. Wilde Gerüchte schwirrten durch die Schule: Angeblich seien Termiten am Werk. Auch von Monsterholzwürmern war die Rede. Oder spukte ein Schulphantom, das durch Wände gehen konnte? Wollte es ein Zeichen geben? War die Schule in Gefahr? Musste das Gebäude geräumt werden?

Die Vorfälle waren unerklärlich und sehr unheimlich.

„Was meint ihr?", fragte Vicky Nick und Jup. „Ist das nicht ein Fall für den Gruselclub?"

Die Jungen waren sofort einverstanden. Sie verabredeten ein Treffen für vier Uhr.

Der Treffpunkt des Gruselclubs befand sich tief unten in einem Turm von Burg Falkenfels. Es war die ehemalige Folterkammer. Hier gab es keinen elektrischen Strom, Licht spendeten nur Petroleumlampen. Nach den Gewittern der vergangenen Nächte war das alte Gemäuer besonders feucht und kalt. Jupiter machte deshalb ein kleines Feuer im Kamin.

Die drei Mitglieder des Gruselclubs versammelten sich an der Streckbank, die ihnen als Arbeitstisch diente. Vicky holte mehrere Blätter aus der Tasche und breitete sie aus. Darauf waren Zeichnungen mit Bleistift und Buntstift zu sehen.

„Was soll das werden? Eine Ausstellung?", ätzte ihr kleiner Bruder.

Vicky rollte die Augen. „Quatschkopf. Das sind Skizzen der Klassen, in denen das unbekannte Wesen zugeschlagen hat. Außerdem habe ich einen Plan der Schule angefertigt."

Die drei beugten sich über die Bilder und betrachteten sie lange. Alle Klassenräume, die heimgesucht worden waren, lagen in unterschiedlichen Stockwerken. Die Bissspuren, die das Monster hinterlassen hatte, schienen von Mal zu Mal größer zu werden – so als würde sein Maul wachsen. Aber in jeder Klasse war nur ein kleines Fenster geöffnet.

Jupiter lehnte sich zurück und nickte langsam.

„Fällt euch noch etwas auf?“, sagte er.

Die anderen beiden sahen ihn fragend an.

„Alle befallenen Räume liegen in Richtung Schulgarten“, sagte Jup.

MONSTERSCHLEIM

„Die Statue könnte mit der Sache zu tun haben“, meinte Jup. „Vielleicht wird sie in der Nacht lebendig!“

Vicky tippte sich an die Stirn. „Vielleicht hast du auch Sägespäne da oben drin.“

„Oder die Korallenschlange kriecht die Mauer hinauf in die Klassen. Sie könnte die Pulte zerstört haben!“, fuhr Jup unbeirrt fort.

Nick lachte auf. „Diese Schlange müsste ein Maul haben, das so groß ist wie ein Rasenmäher.“

Jupiter sah selbst ein, dass sein letzter Verdacht unwahrscheinlich war. Aber er wusste einen Weg, wie sie dem Spuk auf die Spur kommen konnten. „Was haltet ihr von einem abendlichen Spaziergang zur Schule?“

Nick rümpfte die Nase. „Schule am Abend? Das ist schlimmer als ein Kaktus im Bett.“

„Wir gehen auch nicht IN die Schule, sondern

sehen uns ein bisschen im Garten um", beruhigte ihn Jup.

Als die drei wenig später die Burg verließen, waren die Straßen nass. Während ihrer Beratung im Verlies war ein kurzes Gewitter niedergegangen.

Jup, Vicky und Nick schwangen sich auf ihre Fahrräder und fuhren los. Noch immer türmten sich dunkle Wolken am Himmel, als sie auf dem Schulhof ankamen.

„Wer geht vor?", fragte Nick.

„Ich, du Feigling!", sagte Jup spöttisch. Er schlängelte sich durch die verwilderten Büsche, vorbei an den alten Bäumen. Mit ihren verdrehten Ästen sahen sie wie Menschen aus, die sich vor Schmerz krümmten und wanden.

Vicky machte große Schritte, um nahe bei Jupiter zu bleiben. In der Dämmerung waren ihr die Bäume unheimlich.

Nick konnte seinen Blick nicht von den knorrigen Riesen losreißen. Bisher waren sie ihm nie aufgefallen. Er legte den Kopf in den Nacken und blickte hinauf in eine weit ausladende Baumkrone. Stirnrunzelnd sah er auf ein herabhängendes Kabel der Hochspannungsleitung, die über den Garten führte.

Der Tritt kam völlig überraschend. Er war so heftig, dass Nick nach vorne stolperte und fiel. Hinter ihm ertönte ein langsames, tiefes heiseres Lachen. Nick blickte sich ängstlich zwischen den Bäumen und Büschen um.

Wer hatte da gelacht? Wer hatte ihn getreten? Hinter sich erkannte er eine mächtige Wurzel, die wie ein muskulöser Arm aus dem Boden wuchs.

Nein, das war unmöglich. Sie konnte ihn nicht gestoßen haben.

Nick kroch langsam rückwärts, ohne die Wurzel aus den Augen zu lassen. Er hätte es niemals zugegeben, aber er fürchtete, sie könnte ihn jeden Augenblick packen. Er wollte gerade aufstehen und weglaufen, als der Baum Laute von sich gab. Sie klangen gepresst, tief und stöhnend.

Erschrocken sprang Nick auf und starrte auf die graue, rissige Rinde. Das war doch nicht möglich! Der Baum sprach mit ihm. Da nicht das leiseste Lüftchen wehte, war es bestimmt kein Knarren der Äste. Nicht ein einziges Blatt bewegte sich.

Mit offenem Mund ließ Nick seinen Blick langsam herumwandern. Völlig überraschend landete etwas Kaltes auf seiner Wange. Er wischte es mit den Fingern weg und schrie auf. Etwas Schleimiges, Grünliches tropfte über seine Hand.

DIE STILLE AM TÜMPEL

„Vicky! Jupiter!“, keuchte Nick.

Von hinten hauchte ihm jemand warmen, feuchten, übel riechenden Atem ins Ohr.

Mit einem Aufschrei drehte sich Nick um und blickte in das grinsende Gesicht seiner Schwester. Sie hielt die rechte Hand in die Höhe, von der noch mehr grüner Glibber hing.

„Wäääää, was ist das?“, fragte Nick mit angewiderter Miene.

„Algen aus dem Schulteich, du Frosch!“, antwortete Vicky schnippisch.

Nick schüttelte das Zeug von seinen Fingern und zeigte auf den Baum. „Die Wurzel … die hat nach mir getreten!“

Vicky nickte. „Klar, und der Baum hat schon sieben Lehrer verschlungen. Uaaaaa!“

Während die Geschwister sich ihren Schlagabtausch lieferten, kniete Jupiter wieder neben der kleinen Statue aus Stein. In der Dämmerung sah ihr Gesicht noch wilder und grimmiger aus. Die Schlange war nicht mehr da. Jup hatte sehr genau nachgesehen.

Aus dem Tümpel stieg ein ekliger Geruch nach verfaulten Blättern, vermodertem Gras und sumpfigem Wasser.

Jupiter hob den Kopf und lauschte. Merkwürdig. In diesem Jahr schien es weder Kröten noch Frösche am Teich zu geben. Kein Quaken war zu hören.

Das war höchst ungewöhnlich. Die Schule war jedes Jahr stolz auf die große Zahl von Fröschen und Kröten gewesen. Nicht nur einmal war sogar eine Biologiestunde am Teich abgehalten worden.

Jupiter war sich sicher, dass die Statue letztes Jahr noch nicht hier gewesen war. Er legte die Handfläche auf den Stein, der jetzt ganz warm war. So warm wie ein lebender Körper.

„Quatsch, der Stein hat nur die Wärme der Sonne gespeichert", sagte er leise zu sich.

Die Baumkrone über ihm war aber so dicht, dass er nicht einmal den rötlichen Abendhimmel sehen konnte. Eigentlich konnte gar kein Sonnenlicht hindurchscheinen …

Jupiter blickte suchend über den Teich. Unter der Wasseroberfläche bewegte sich eine dicke Schicht schleimiger, hellgrüner Algen, die wie Tausende kleine Quallen aussahen.

Zwei grelle, grüne Lichtpunkte fielen auf die

Wasseroberfläche. Sie bohrten sich wie Nadeln in die dunkle Tiefe, wo etwas pulsierend zu glühen begann.

Jup rieb sich die Augen. Das konnte nur eine Täuschung sein.

Die Lichtpunkte und die Strahlen waren wieder verschwunden, das Glühen erloschen.

Jup drehte sich zu der Statue um. Sie stand da wie vorhin, steif, starr und mit finsterem Blick.

Aber irgendetwas erschien Jup an ihr verändert. Was konnte das nur sein?

Als er es erkannte, sprang Jup entsetzt zurück.

Die Augen der Figur waren keine Vertiefungen mehr, sondern traten hervor und starrten Jup funkelnd an.

DU SPINNST!

Vicky und Nick hatten ihren Streit endlich beendet und kamen zu Jupiter. Fast gleichzeitig fingen Nick und er zu reden an und berichteten von ihren Erlebnissen.

Vicky schüttelte ungläubig den Kopf, dass ihre Locken nur so flogen. „Männer, ihr seht schon überall Gespenster. Bäume, die treten. Teiche, in denen es glüht. Statuen mit Glubschaugen. Ist doch alles Quatsch!“

Jup hob die Hand und bedeutete ihr, still zu sein. Er reckte das rechte Ohr nach oben, und über seine Stirn zog sich eine Falte. Er konzentrierte sich.

„Was ist?“, erkundigte sich Vicky.

„Auf der Fahrt von der Burg zur Schule haben überall die Vögel gezwitschert. Hier ist es völlig still. Es scheint auch keine Vögel mehr im Schulgarten zu geben. Keine Kröten, keine Vögel.“

„Totenstill“, hauchte Nick.

Bildete sich Jupiter das nur ein, oder war es im Schulgarten auch kälter als draußen auf der Straße?

Nick hatte keine Lust, länger in den Teich zu starren, und ging zum Schulgebäude. Er sah an der Backsteinmauer hinauf. An der Wand gab es weder eine Regenrinne noch ein Sims. Wie sollte da jemand raufklettern können?

Am Teich stocherte Vicky mit einem Stock im trüben Wasser herum. Wenn sie das Holz in die Höhe hob, hingen Algen schlaff herab.

„Das ist nur fauliges Wasser, sonst gar nichts“, erklärte sie Jupiter. Ihre Stimme klang, als würde sie mit einem Kleinkind sprechen.

„Ich habe das Glühen aber gesehen“, beharrte Jup.

Vicky stand auf und klopfte sich die Hose ab. „Mir reicht's, ich gehe heim. Wenn du mich fragst, haben die Schüler aus den obersten Klassen etwas ausgeheckt. Die kennen einen Trick, wie sie in die Zimmer kommen. Die wollen Frau Nagel nur einen Streich spielen.“

„Und dieser steinerne Dämon?“, fragte Jupiter und zeigte auf die Statue.

„Wahrscheinlich wurde der im Werkunterricht gemacht und hier abgestellt und vergessen!“, meinte Vicky.

Jup machte eine abfällige Handbewegung. Kaum hatte Vicky dem Teich den Rücken zugekehrt, war das Glühen wieder da. Jup rief ihr zu, sich umzudrehen, aber sie war zu langsam. Der Schimmer war erloschen, bevor sie ihn sehen konnte.

„Du bist bald reif für die Klapsmühle", meinte seine Cousine trocken.

Jup hatte genug. Er krempelte den rechten Ärmel hoch und trat ganz nahe an das Ufer des Teiches. Er beugte sich entschlossen vor, um in dem glitschigen, trüben Wasser nach dem unbekannten Ding zu fischen, das immer wieder aufleuchtete.

Dann aber zögerte er. Sollte er oder sollte er nicht?

Er sah hinüber zu Vicky. Die klopfte Nick auf den Rücken, der noch immer an der Schulmauer hochstarrte, und rief: „Los, Abmarsch, Kleiner!"

Vicky hatte das absichtlich gesagt, um ihren Bruder zu ärgern.

Noch immer hielt Jupiter die Hand knapp über die Wasseroberfläche, als plötzlich Blasen aus der Tiefe aufstiegen, zuerst kleine, dann immer größere. Sie platzten mit lautem Geblubber. Es sah aus, als finge der Teich an zu kochen.

Für einen kurzen Moment war Jup sprachlos, dann aber holte er Luft, um Vicky und Nick zurückzurufen.

Er kam nicht mehr dazu.

TIEF HINUNTER IN DEN TEICH

Ohne erkennen zu können, von wem oder was, wurde Jup in den Teich gezogen. Er platschte kopfüber hinein und spürte die schleimigen Algen über sein Gesicht gleiten. Rund um ihn wurde alles erbsengrün, als das Wasser über ihm zusammenschlug.

Jup strampelte, und es gelang ihm, sich in eine Rückenlage zu drehen. Er öffnete die Augen und starrte von unten auf die Algenschicht, die aussah wie eine Haut voller Warzen und Beulen. Darüber tauchten zwei Schatten auf. Vicky und Nick blickten zu ihm in den Teich. Er streckte die linke Hand nach ihnen aus, und es gelang ihm, die Wasseroberfläche zu durchstoßen. Die Luft strich eisig um seine Finger.

Vicky packte ihn und zog.

Aber irgendetwas hielt Jups rechten Arm eisern umschlossen. Es fühlte sich an wie eine Schlinge aus Draht. Unerbittlich wurde er nach unten gezerrt. Er hatte das Gefühl, ihm würde der Arm abgerissen.

Plötzlich ließ die Kraft aus der Tiefe von ihm ab, und Jupiter schoss in die Höhe. Sein Kopf durchbohrte die Algen, die sich wie ein glitschiger Schleier über sein Gesicht legten und die Nasenlöcher verklebten.

„Gib mir auch die andere Hand!“, rief ihm Vicky zu.

Jup versuchte, sie aus dem Wasser zu ziehen, aber noch immer hing etwas daran.

„Ich … ich kann nicht!“, stieß er hervor. Die ekligen Algen rutschten zwischen seine Lippen. Er prustete sie weg und schnappte gierig nach Luft.

Vicky und Nick versuchten, ihn mit aller Kraft ans Ufer zu ziehen.

Mit einem kräftigen Ruck wurde Jup wieder nach unten gerissen. Das Wasser des Teiches war lauwarm und strich wie schlaffe Hände über ihn. Die unbekannte Kraft zerrte ihn unerbittlich in die Tiefe.

„Ich werde ertrinken!“, schoss es Jup durch den Kopf. Er versuchte, Schwimmbewegungen zu machen, sank dabei aber nur noch tiefer. Jup spürte, wie die Luft in dicken Blasen aus seiner Nase quoll. Er musste schnell nach oben und atmen, sonst war er verloren.

Vor seinen Augen platzte eine schwarze Kugel, und Finsternis umhüllte ihn von Kopf bis

Fuß. Das Rauschen und Blubbern in seinen Ohren verstummte. Jup hatte keine Kontrolle mehr über seinen Körper. Er schien schwerelos durch das dunkle All zu schweben.

Wie ein Schleier wurde die Dunkelheit um ihn wieder weggezogen. Grelles Licht leuchtete Jupiter ins Gesicht, und er musste geblendet die Augen schließen.

Vorsichtig blinzelte er durch die Wimpern.

Hoch am Himmel stand die Sonne. Sie schien durch eine Lücke in dem dunkelgrünen Blätterdach, das sich über ihm spannte.

Jupiter hatte wieder Gefühl in seinen Händen und Beinen. Er richtete sich auf und sah an sich hinab. Noch immer trug er dieselbe blauweiße Joggingjacke, die er beim Weggehen aus der Burg angezogen hatte.

Wie war das möglich? Sie war völlig trocken! Er war doch gerade erst damit ins Wasser gefallen. Sie müsste klatschnass sein!

Auch seine Jeans und seine Schuhe waren kein bisschen feucht. Und sein Haar stand wuschelig nach allen Seiten ab, wie immer.

Rund um ihn wucherte saftiges Grünzeug, aus dem sich hohe Bäume erhoben. Jupiter griff nach einem fleischigen Blatt, das direkt neben ihm hing. Doch er bekam es nicht zu fassen. Es schien nur aus Luft zu bestehen. Jup stand auf und torkelte zu einem der dicken Baumstämme. Mindestens zehn Männer wären nötig gewesen, um ihn zu umfassen. Jup legte die flache Hand auf die Rinde, die mit tiefen Rissen durchzogen war, und sie verschwand im Inneren des Baumes. Er zögerte kurz, dann versuchte er, durch den Stamm hindurchzugehen. Er spürte keinen Widerstand.

Völlig ratlos trat er auf der anderen Seite aus dem Baum, blieb stehen und schüttelte verwirrt den Kopf.

Wo war er nur?

Ihm fiel auf, dass die Luft feucht und heiß war. Er schwitzte bereits. Bis auf das Klopfen seines Herzens und das Rauschen des Blutes in den Ohren hörte er keine Geräusche. Seine Schritte verursachten auf dem Boden weder ein Rascheln noch ein Knacken.

„Ich muss mich in einem Dschungel befinden", schoss es ihm durch den Kopf.

Aber wie war er hergekommen? Und wieso konnte er keine der Pflanzen anfassen?

Plötzlich begann er, trotz der Hitze zu frieren. War da jemand? Er fühlte sich beobachtet.

Als er es erkannte, blieb ihm fast das Herz stehen. Hinter den Bäumen und Pflanzen um ihn herum kauerten Menschen. Ihre Gesichter ähnelten der Steinfigur im Garten.

DIE PYRAMIDE IM DSCHUNGEL

Jupiter sah sich nach einem Fluchtweg um.

„Ich kann überallhin laufen. Schließlich sind die Pflanzen und Bäume nur Luft“, versuchte er sich zu beruhigen.

Kein Blatt raschelte, kein Zweig knickte um, als die rätselhaften Männer aus ihren Verstecken traten. Sie sahen der Steinfigur im Schulgarten wirklich sehr ähnlich. Allerdings trug keiner der Männer das kronenartige Gebilde, das die Statue auf dem Kopf hatte. Auch die langen, gebogenen Reißzähne fehlten ihnen.

Sie starrten Jup grimmig an und kamen langsam auf ihn zu. Einige beugten sich leicht vor wie Raubkatzen vor dem Sprung auf die Beute. Die Männer bildeten einen Kreis um ihn und ließen ihn keine Sekunde aus den Augen.

Wenn ich durch die Bäume gehen kann, dann bestimmt auch durch diese Krieger, dachte Jupiter und rannte los.

Hart prallte er gegen den muskulösen Körper des ersten Mannes vor ihm. Im selben Moment setzten auch alle Geräusche ein, so als hätte jemand einen Schalter umgelegt. Jup hörte das Kreischen von Vögeln, die lachenden Laute von Affen und die Stimmen der Männer. Ihre Sprache verstand er aber nicht.

Von allen Seiten kamen Hände, packten seine Schultern, seine Arme und seine Füße und rissen ihn zu Boden. Die wilden Fratzen der Männer beugten sich über ihn und glotzten ihn an. Ihre Köpfe bildeten ein Dach, das keinen Sonnenstrahl durchließ.

„Loslassen, was soll das!“, wollte Jup schreien, aber aus seinem Hals kam nicht einmal ein Flüstern.

Er wurde hochgehoben. Die Männer stemmten ihn über ihre Köpfe und trugen ihn durch den unheimlichen Dschungel. Nach einem Marsch, der Jupiter wie eine Ewigkeit vorkam, erreichten sie eine große Lichtung. Die Männer setzten Jupiter wieder ab, hielten ihn aber weiter fest.

In der Mitte der Lichtung erhob sich eine Stufenpyramide. Auf ihrer Spitze hockte die Steinstatue aus dem Garten. Davor stand ein Mann in einem bodenlangen, farbenprächtigen Gewand aus unzähligen kleinen Vogelfedern.

Er trug den gleichen Kopfschmuck wie die Statue. Die Krieger schienen alle großen Respekt vor ihm zu haben und senkten den Blick. Er begann, ihnen in der fremden Sprache Fragen zu stellen, die sie kurz beantworteten. Er schien damit sehr zufrieden zu sein und deutete auf einen Hocker, der aus Holz und Lianen gebaut war. Jupiter wurde hingeführt und gezwungen, sich zu setzen.

Die Krieger traten ein paar Schritte zurück. Ihre Mienen ließen aber keinen Zweifel, dass Jupiter ihr Gefangener war.

Der Boden rund um den Hocker war sehr feucht und schlammig. Jup zog die Beine an. Im Schlamm schien sich etwas zu bewegen. Es kroch knapp unter der Oberfläche und umkreiste den Hocker.

Der Mann im langen Gewand, der wahrscheinlich eine Art Magier war, hob die Hände zum Himmel und stimmte einen beschwörenden Singsang an. Die Krieger fielen sofort ein.

Schwarze Gewitterwolken zogen am Himmel auf und verdunkelten die Sonne.

Jupiter schluckte immer wieder heftig.

Schon fielen die ersten Regentropfen. Sie waren groß wie Bohnen und trommelten lautstark auf den Boden. Ein Blitz zuckte und tauchte die Landschaft für den Bruchteil einer Sekunde in weißes Licht.

Was Jupiter in dem Moment sah, ließ ihn noch mehr erschrecken. Aus den Wolken starrten ihn die Gesichter verzweifelter Menschen an.

Die Köpfe des Magiers und der Krieger waren Totenschädel, und der Boden war mit Knochen bedeckt.

Er musste weg von hier. So schnell wie nur irgend möglich! Er hatte schon von Völkern gelesen, die einst Menschen geopfert hatten. War er einem solchen Volk in die Hände gefallen?

Seltsam war aber, dass keiner der Männer eine Waffe bei sich trug. Weder Speer noch Messer, nicht einmal eine Steinschleuder.

Jupiter sprang vom Hocker auf. Sofort brüllten ihn die Männer an. Ihre Stimmen waren so kräftig, ihre Gesichter so wild und grimmig, dass er sich gehorsam zurücksinken ließ.

Weg, du musst weg, weg, weg!, rief eine Stimme in seinem Kopf.

Der Magier nahm den Lederbeutel, den er um seine Brust trug, und öffnete ihn. Was er herausholte, ließ Jupiter das Blut in den Adern gefrieren.

DIE SCHLANGE

Es war die Korallenschlange. Jup erkannte sie sofort an ihrem schwarzroten Muster. Züngelnd richtete sich ihr Kopf auf.

„Ich soll von ihr gebissen werden", keuchte Jupiter entsetzt. „Sie ist eine der giftigsten Schlangen der Welt. Ihr Biss ist tödlich."

Der Magier hielt die Schlange am Kopf, sodass sie ihn selbst nicht beißen konnte, und streckte sie nach vorne. Langsam ging er mit ihr auf Jupiter zu.

„Nein, nicht!", würgte Jupiter. „Nicht!"

Unerbittlich kam der Magier Schritt für Schritt näher. Seine Augen funkelten dämonisch. Der Regen rann an ihm herab und verwandelte die bunten Farben seines Gewands in glänzendes Schwarz.

Die Schlange riss das Maul auf und ließ ein scharfes Zischen ertönen. Ihre Giftzähne klappten nach unten. Im Licht des nächsten Blitzes leuchteten sie wie zwei kleine, gebogene Dolche.

Jup beugte sich weiter nach hinten, konnte aber nicht ausweichen. Einer der Krieger packte ihn an den Schultern und zwang ihn, gerade zu sitzen. Jupiter sprang auf, wurde aber sofort wieder niedergedrückt.

Mit der Hand hätte er bereits nach der Schlange greifen können, so nahe hielt sie der Magier schon vor sein Gesicht. Jup starrte in den rosa Schlund des aufgerissenen Schlangenmauls. Die Giftzähne waren genau auf ihn gerichtet.

Er schloss die Augen und wartete auf den Stich des Bisses. Sekunden verstrichen. Der Regen prasselte auf ihn nieder. Seine Joggingjacke sog sich voll und hing schwer von seinen Schultern.

Es war nichts geschehen.

Vorsichtig wagte Jup es, ein Auge zu öffnen.

Die Krieger standen noch immer um ihn herum. Der Magier aber war fort.

Jupiter riss beide Augen auf und sah sich um.

Wieder zuckte ein greller Blitz aus den schwarzen Wolken. Der Donner krachte so laut, dass der Boden bebte.

Auf der Pyramide entdeckte Jup den Magier. Er stieg eine schmale, steile Treppe hoch, die Schlange noch immer in den Händen. Oben angekommen, ließ er sie durch eine Öffnung im Kopfschmuck in das Innere der Steinfigur gleiten. Danach stieg er wieder hinab.

Am Fuße der Pyramide hob der Magier die Hände zum Himmel und stieß einen langen, schrillen Schrei aus. Er machte beschwörende Bewegungen in Richtung der Steinfigur.

Als wäre sein Wunsch erhört worden, sauste ein Gewirr verästelter Blitze aus den Wolken. Einer davon schlug genau in die Statue auf der Spitze der Pyramide ein.

Zwei dünne grüne Strahlen schossen aus ihren Augen. Sie fielen auf den schlammigen Boden rund um Jup und bildeten dort zwei glühende Punkte.

Im Schlamm begann etwas, grün zu leuchten. Luftblasen stiegen auf, zuerst kleine, dann immer größere. Der Schlamm fing an zu brodeln.

Hinter sich hörte Jup ein Zischen. Etwas Kaltes strich über seinen Nacken und seinen Hinterkopf nach oben und schoss über ihn hinweg. Er drehte sich um, aber es war auf einmal zu dunkel, um etwas zu erkennen.

Das Zischen hörte nicht auf. Jup spürte, wie auch links und rechts von ihm etwas aus dem Boden kam und über seine Arme glitt. Er wagte nicht, danach zu greifen. Das Zischen steigerte sich zu einem ohrenbetäubenden Dröhnen.

Die Pyramide und der Magier wurden von der Dunkelheit verschluckt. Ein mächtiger Blitz schoss vom Himmel und schlug direkt vor Jup ein. Er spürte einen brennenden Schmerz im Gesicht.

STARKE KRÄFTE

Noch ein Blitz, noch ein brennender Schmerz, diesmal auf der anderen Seite seines Gesichtes.

Im Mund hatte Jup einen fauligen Geschmack. Er musste ausspucken.

„Er wird wach … er kommt zu sich!“, hörte er jemanden sagen.

Jemanden? Das war doch Nick, oder?

Jupiter öffnete vorsichtig die Augen und sah, wie Vicky über ihm gerade zu einer weiteren Ohrfeige ausholte.

„He, was machst du da?“, protestierte er.

Vicky seufzte erleichtert. „Na endlich. Wir dachten schon, du bist … du bist … Mensch, Jup, ich bin so froh!“

Als Jupiter sich aufrichtete, umarmte Vicky ihn. Das hatte sie noch nie getan.

„Ich … ich war im Dschungel … da waren … die Statue und die Schlange“, stammelte Jupiter.

„Du bist fast abgesoffen!", schnaubte Nick und zeigte auf den Teich. „Ich dachte, ich muss dir nachspringen. Zum Glück bist du dann aber von selbst wieder aufgetaucht. Mann, du warst schwer wie ein Sack. War gar nicht einfach, dich aus dem Wasser zu ziehen."

„Aber dann warst du bewusstlos. Du hast geatmet, und deine Augenlider haben ständig gezuckt, aber du bist nicht aufgewacht!", berichtete Vicky.

Jupiter fror. Seine Klamotten waren nass und klebten kalt an der Haut. Er schüttelte immer wieder ungläubig den Kopf.

„Ich … ich verstehe das nicht … ich muss das alles … geträumt haben! Wie lange war ich bewusstlos?"

Nick warf einen Blick auf seine Sportuhr, die sein ganzer Stolz war. „Eine Minute ungefähr. Ich wollte gerade losrennen und Hilfe holen."

„Du musst schnellstens nach Hause, sonst wirst du noch krank!", meinte Vicky fürsorglich.

„Danke, Tante Vicky!", ätzte Jupiter.

Nach einer langen, heißen Dusche schlüpfte Jupiter in seinen dicken Bademantel. Er hatte sich dreimal eingeseift, um den fauligen Gestank des Tümpels von der Haut zu schrubben. Auch die Zähne hatte er lange und ausgiebig geputzt, weil er eine Menge von dem grünen Wasser in den Mund bekommen hatte.

Grübelnd schlenderte er durch den engen, aber sehr hohen Flur von Burg Falkenfels. Eigentlich hätte sie eher Ruine Falkenfels heißen müssen, denn von den großen Burgräumen war kaum noch etwas übrig. Professor Katz hatte in jahrelanger Arbeit vier Zimmer, eine Küche und ein Bad in dem alten Gemäuer eingerichtet: ein Schlafzimmer für ihn, eines für Jupiter, ein Wohnzimmer und ein Arbeitszimmer.

Dort klopfte Jupiter jetzt an und trat ein, ohne die Antwort seines Vaters abzuwarten.

Professor Erasmus Katz saß im Schein einer Lampe mit Messingfuß, der die Form eines Drachenkopfes hatte. Er las in einem dicken Buch, das vergilbt und sehr alt aussah.

„Paps, ich muss mit dir reden", sagte Jupiter.

Der Professor blickte auf und nahm die Brille ab. Er rieb sich die müden Augen und bot seinem Sohn einen Stuhl an.

„Geht es um die Verwarnung?", wollte er wissen.

„Regst du dich sehr drüber auf?", fragte Jup vorsichtig.

Sein Vater schüttelte den Kopf.

„Es hat mit einer Statue im Schulgarten zu tun. Ihretwegen habe ich die Verwarnung bekommen", begann Jupiter und schilderte seinem Vater dann, was alles geschehen war. Er berichtete auch von dem abendlichen Ausflug und dem Sturz ins Wasser.

„Ich war in einem Dschungel. Zuerst war er nur nebelhaft und unwirklich, aber plötzlich waren die Krieger echt. Ich habe jede Menge erlebt, war aber nur eine Minute nicht bei Bewusstsein. War das ein Traum oder etwas anderes?"

Professor Katz spielte mit den Fingerspitzen, und seine Nasenflügel blähten sich immer wieder. „Es könnte sich um eine Art Kultfigur handeln. Ich kenne Berichte, wonach von solchen Figuren starke Energien ausgehen. Es ist nicht unwahrscheinlich, dass du so etwas über die Vergangenheit und die Geschichte der Statue erfahren hast. Ihre Energie hat die Träume in deinem Kopf erzeugt, wie ein Filmprojektor."

Jupiter verschränkte die Hände hinter dem Kopf. „Aber was lösen diese grünen Strahlen aus? Was war das für ein Glühen im Tümpel und im Schlamm?"

Sein Vater zuckte mit den Schultern. „Ich habe keine Ahnung."

„Können solche Statuen lebendig werden?", wollte Jup wissen.

Professor Katz lachte auf. „In Horrorgeschichten schon. Sonst glaube ich nicht daran."

Jupiter bedankte sich für die Auskunft und stand auf. Sein Vater hielt ihn zurück. „Jup, was du da heute getan hast, war lebensgefährlich. Du hättest ertrinken können! Ich will nicht, dass du weiter bei diesem Teich herumschnüffelst, verstanden?"

„Aber, Paps, ich konnte doch nicht wissen …", begann Jupiter.

„Verstanden?", wiederholte sein Vater eindringlich und sah ihm fest in die Augen.

„Verstanden!", seufzte Jupiter.

EIN UNBEKANNTER SPENDER

Auf dem Weg zur Schule beschäftigte Jupiter am nächsten Morgen eine Frage ganz besonders: Wie war die Steinstatue in den Schulgarten gekommen? Wer hatte sie dorthin gestellt?

Als er zu seiner Klasse ging, kam ihm Frau Nagel entgegen. An diesem Morgen hatte es zum ersten Mal seit Donnerstag keine bösen Überraschungen für sie gegeben.

„Entschuldigung, Frau Nagel, ich möchte Sie gerne etwas fragen“, sagte Jup höflich.

Die Direktorin schenkte ihm einen gnädigen Blick.

„In unserem Schulgarten steht am Teich eine sehr interessante Statue aus Stein. Seit wann ist sie da, und woher haben wir sie?“

Frau Nagel rückte mit den Händen ihre Turmfrisur zurecht und antwortete: „Wir haben sie im vergangenen Herbst geschenkt bekommen. Der edle Spender will ungenannt bleiben.“

„Äh, es ist aber wichtig, von wem sie gekommen ist!“, sagte Jupiter.

„Ich muss den Willen des Spenders respektieren!“, erklärte ihm die Direktorin.

Jupiter seufzte tief und gab auf. Es hatte wohl keinen Sinn, weiter zu bohren.

In der Pause kaufte er bei Herrn Hurz am Kiosk ein Pizzabrot, eine Spezialität von Frau Hurz.

„Wissen Sie zufällig, von wem die Schule die Figur am Teich bekommen hat?“, fragte Jupiter beiläufig.

„Nein“, sagte Herr Hurz knapp.

Seine Frau stieß ihn mit dem Ellbogen an. „Das war doch dieser Spinner! Du weißt schon, der Glatzkopf, der wie ein Regenwurm im Anzug ausgesehen hat. Er hat sie in seinem Wagen gebracht. Es lag ein großer Umschlag auf dem Beifahrersitz. Er war aufgerissen, und die Adresse lautete: Angus Nickelson, Grüntalstraße irgendwas.“

„Was du dir alles merkst ...“, staunte Herr Hurz.

Jup bedankte sich für die äußerst nützliche Auskunft.

Er traf seine Freunde wie immer hinter dem Fahrradständer, wo sie ungestört reden konnten.

„Ich bin fest überzeugt, dass der Spuk in der Schule mit der Figur zu tun hat“, sagte er den beiden anderen. „Ich statte diesem Angus Nickelson einen Besuch ab."

Vicky und Nick wollten mitkommen.

Sie machten sich auf den Weg zurück zum Schulhaus. Plötzlich blieb Jupiter stehen und runzelte die Stirn. Er drehte sich schnell um, sah aber nur die abgestellten Fahrräder und die Mauer des Schulhofes.

„Was ist?", wollte Vicky wissen.

Jupiter schüttelte den Kopf. „Vielleicht spinne ich schon, aber ich habe das Gefühl, jemand beobachtet uns."

„Da ist niemand", meinte Vicky. „Ich würde sagen, du spinnst wirklich."

Am Samstag fuhren sie gemeinsam in die Grüntalstraße und fragten dort nach Angus Nickelson. Eine Dame, die ihren Dackel spazieren führte, deutete auf ein dunkles Haus.

„Dort wohnt der alte Knallkopf", sagte sie grimmig.

„Wieso Knallkopf?", wollte Vicky wissen.

„Sein Haus ist vollgestopft mit Plunder. Er trägt Sachen aus aller Welt zusammen. Von Sauberkeit hält er wenig. Ich wette, es wimmelt bei ihm von Ratten und anderem Ungeziefer. Seine Nachbarn haben sich letztes Jahr öfter beschwert, weil in ihren Gärten Beete verwüstet waren. Ein paar von den Viechern sind sogar in die Häuser eingedrungen und haben alles Mögliche angenagt. Leider sind sie nicht erwischt worden. Wenn wir diesem Nickelson beweisen können, dass die Biester aus seinem Haus kommen, muss er wegziehen!“ Drohend schwang die Frau ihren Regenschirm.

Das Grundstück von Angus Nickelson war von einer kniehohen Mauer und einem Zaun aus Eisenstangen umgeben. Das ebenso schmiedeeiserne Tor stand offen. Da es keine Klingel gab, traten die drei Freunde ein und gingen auf das fast schwarze Haus zu. Der Kies unter ihren Schuhen schien kurze, hohe Schreie von sich zu geben.

Auch an der Eingangstür war kein Klingelknopf zu finden. Aber in der Mitte war ein Löwenkopf befestigt, der einen dicken Ring im Maul hatte. Damit klopfte Vicky an.

„Es ist offen, kommt nur herein!“, rief eine hohe Stimme aus dem Haus.

Nick drehte den Messingknauf, und die Tür sprang auf. „Wow!“, keuchte er.

Die anderen beiden brachten vor Überraschung zuerst keinen Ton heraus.

Vicky hustete. Die Luft im Haus war heiß und stickig und erfüllt vom Geruch von altem, feuchtem Holz, nassen, modrigen Steinen und exotischen Gewürzen.

Gleich hinter der Eingangstür begann ein großes Zimmer, das einem Lager glich. Vor ihnen erhoben sich Statuen in allen Größen. Irgendwo hinter ihnen sahen sie jemanden kauern und an einer Figur herumbasteln.

„Entschuldigung, wir haben eine Frage", sagte Jupiter vorsichtig.

Ein völlig kahler Kopf tauchte zwischen zwei wilden Dämonen-Statuen auf. Kalte, blaue Augen funkelten die drei wütend an.

„Wer hat euch erlaubt einzutreten?", fragte der Mann mit seiner hohen Stimme.

„Sie!", gab Vicky cool zurück.

„Sie haben doch unserer Schule eine Statue geschenkt", fuhr Jup fort.

„Nein, ich gebe keine meiner Statuen her!", sagte der Mann wie aus der Pistole geschossen. „Und jetzt raus hier, verschwindet!"

Die drei stolperten ins Freie, und Herr Nickelson knallte hinter ihnen die Tür zu.

„Er lügt", seufzte Vicky. „Aber wir können es ihm nicht beweisen."

„Ich glaube doch", meinte Jupiter. „Zwischen zwei Statuen ist mir ein Abdruck auf dem Teppich aufgefallen. Er hatte dieselbe Form wie der Sockel der Statue im Schulgarten."

SCHLEICHENDE SCHRITTE

Eine halbe Stunde später saß der Gruselclub Herrn Nickelson gegenüber, der sie nach hartnäckigem Klopfen widerwillig noch einmal hereingelassen hatte. Der verschrobene Mann hatte den Kopf zwischen die Schultern gezogen und blickte die drei trotzig an.

Jupiter begann noch einmal: „Wir wissen, dass die Figur von Ihnen stammt. Sie hat vorher dort drüben gestanden. Im Teppich ist noch immer der Abdruck zu erkennen."

„Na und? Ich weiß gar nicht, wozu ich mit euch meine Zeit vergeude", bellte der Mann, der säuerlich roch.

„Rund um Ihr Haus hat es im vergangenen Jahr ähnliche Ereignisse gegeben wie an unserer Schule. Angenagte Möbel, verwüstete Beete. Wir sind überzeugt, dass die Statue etwas damit zu tun hat", setzte Jupiter fort. „Wieso haben Sie die Figur eigentlich zu unserer Schule gebracht?"

„Wollte sie nicht verkaufen, aber an einem sicheren Platz wissen“, murmelte Herr Nickelson. „Ich bin früher selbst in diese Schule gegangen.“

„Sie wissen, dass die Statue geheimnisvolle Kräfte hat, nicht wahr?“, forschte Jup weiter.

Herr Nickelson presste die dünnen Lippen zusammen. „Unsinn“, stieß er nach einer Weile aus. „Alles Unsinn! Und jetzt geht! Ich habe keine Zeit mehr für euch.“

Ein Donnerschlag ließ den Gruselclub erschrocken zusammenzucken. Nick lief zum Fenster und meldete: „Schon wieder ein Gewitter!“

Er hatte kaum ausgesprochen, als ein Blitz aufleuchtete. Er sah aus wie ein Riesenkrake, der seine Arme vom Himmel zur Erde streckte. Das grelle Licht fiel durch das Fenster und auf die Statuen. Die starren Gesichter der Figuren schienen plötzlich lebendig zu werden und zu grinsen, zu glotzen, zu gaffen und zu schreien. Aus den steinernen und hölzernen Mündern kam aber kein Ton.

Mit weit aufgerissenen Augen fixierten die drei Mitglieder des Gruselclubs die Statuen. Kaum war der Blitz erloschen, kehrten sie in ihre alte Starre zurück.

„Was habt ihr? Wieso guckt ihr so?“, wollte Herr Nickelson wissen.

„War nur eine Täuschung“, murmelte Jupiter.

Der nächste Blitz zischte vom Himmel. Abermals schienen die Statuen zum Leben zu erwachen. Vicky sprang auf und wich mit einem Schrei zurück.

„Sie … sie bewegen sich … sie bewegen sich!“, keuchte sie.

Herr Nickelson machte tadelnd „Ts-ts-ts“.

Jup hatte aber noch etwas ganz anderes entdeckt. „Ist das möglich?“, fragte er sich halblaut.

Ein neuerlicher Blitz bewies ihm, dass er sich nicht verguckt hatte. Eine große Figur, die besonders dämonisch aussah, hielt in den Händen eine verkleinerte Nachbildung der Statue aus dem Schulgarten. Es sah so aus, als wollte sie diese zusammendrücken.

Jupiter machte Vicky auf seine Entdeckung aufmerksam. „Was hältst du davon?“, fragte er sie flüsternd.

Vicky blickte über den Rand der Brille und stieß einen langen, staunenden Pfiff aus. „Ein Zufall ist das nicht!“ Sie wandte sich an Herrn Nickelson, der sich längst von seinem lästigen Besuch abgewandt hatte und eine der anderen Figuren polierte. „Warum sind Sie eigentlich so stur? Vielleicht ist die Statue im Schulgarten gefährlich. Wenn etwas Schlimmes passiert, sind Sie schuld.“

Der Sammler lächelte säuerlich. „Ihr Kinder sitzt alle zu lang vor der Glotze und habt zu viel

Fantasie. Es ist nichts geschehen, und es wird nichts geschehen. Schluss, aus, basta. Und jetzt verzieht euch endlich!"

Obwohl draußen der Regen in dicken Tropfen auf die Straße prasselte, scheuchte Herr Nickelson die drei hinaus. Vicky zog ihre Jacke über den Kopf, damit ihre Haare nicht nass wurden.

„Du siehst aus wie der Glöckner von Notre Dame mit seinem Buckel", ätzte Nick.

Vicky schnaubte wieder einmal etwas von nervigen kleinen Brüdern und schwang sich auf ihr Fahrrad. Die Jungen folgten ihr. Sie kamen aber nur drei Gassen weit, dann waren sie bis auf die Haut nass. Da der Regen noch stärker wurde, stellten sie sich in einer Hauseinfahrt unter. Das Gebäude sah alt und verlassen aus.

Es schien nicht so, als käme die Sonne bald wieder hervor. Vicky fröstelte. „Ich geh in das Haus rein", beschloss sie und trat zu der hohen, schweren Eingangstür. Sie musste sich mit aller Kraft dagegenstemmen, um sie aufzukriegen.

Vicky trat in ein hohes Treppenhaus mit Steinstufen und schmiedeeisernem Geländer, in dem es nach Moder roch.

Jup und Nick kamen ihr nach.

Wummm! Mit einem donnernden Knall fiel hinter ihnen die Tür zu. Die Mitglieder des

Gruselclubs zuckten erschrocken zusammen. Sie setzten sich auf die unterste Stufe der Treppe und stützten die Köpfe in die Hände. Immer wieder mussten sie an die unheimlichen Statuen denken.

Von draußen war ein leises Knirschen zu hören.

Nick sah auf und schob seine Kappe ins Genick.

Das Knirschen wurde lauter.

Jemand kam durch die Einfahrt geschlichen. Unter seinen Schuhen knirschte der grobe Sand auf dem Weg.

Tapp, tapp, tapp. Jetzt ging der Unbekannte auf Zehenspitzen. Trotzdem waren seine Schritte noch zu hören.

Nick stieß Vicky mit dem Ellbogen an.

„Wer ist das?“, flüsterte er.

Vicky zuckte mit den Schultern.

„Wieso schleicht hier draußen jemand herum?“ Nick spürte, wie ein kalter Schauer über seinen Rücken kroch.

Jup verdrehte die Augen. „He, du brauchst nicht überall Gespenster zu sehen. Glaubst du vielleicht, uns ist eine der Statuen nachgeschlichen?“

Als Antwort stieß Nick einen lauten Schrei aus.

„Was ist denn?“, zischte Vicky.

„Seht doch nur!“, keuchte Nick und zeigte

auf die Eingangstür. Gegen ihre schmalen, hohen Milchglasscheiben war eine Fratze gepresst. Lange Krallen zogen Spuren über das beschlagene Glas.

ERTAPPT!

Die drei Freunde waren zuerst wie gelähmt. Sie schnappten nach Luft und lehnten sich weiter zurück, als könnten sie der grauenhaften Erscheinung so entkommen.

„Das ist eine Statue. Sie ist lebendig! Herr Nickelson hat sie uns auf den Hals gehetzt!“, stieß Nick hervor.

Jupiter entdeckte auf dem Boden eine alte Fahrradpumpe und schnappte sie sich. Wie eine Keule hob er sie über den Kopf und schlich geduckt zur Tür. Er stellte sich so, dass er das Ungeheuer auch bestimmt treffen würde, wenn es das Haus betrat.

Draußen blieb es still.

Jupiter sah zu Vicky und Nick und zuckte fragend mit den Schultern. Vicky verzog ratlos das Gesicht. An der Scheibe war niemand mehr zu sehen.

War die wandernde Statue nur ein Stück

zurückgetreten? Lauerte sie vielleicht neben dem Eingangstor?

Die drei hielten die Luft an, damit ihnen kein Geräusch entging. Doch in der Hauseinfahrt war nichts, absolut nichts zu hören.

Jup schwang das Bein in die Höhe und trat auf die Klinke. Da die Tür klemmte, sprang sie nicht auf. Jupiter hoffte, die wandernde Statue würde sich vielleicht jetzt durch eine Bewegung verraten.

Doch draußen rührte sich nichts.

Dafür wurde in einem oberen Stockwerk eine Tür zugeschlagen. Jemand kam herunter. Schnell versteckten sich die drei Mitglieder des Gruselclubs unter der Treppe.

Ein Mann mit langem, grauem Mantel stürzte zur Haustür und riss sie auf. Er lief hinaus, die Tür blieb hinter ihm offen. Seine Schritte entfernten sich schnell. Es klang nicht so, als wäre er einem Monster begegnet.

Neugierig schlich der Gruselclub aus seinem Versteck und warf einen Blick ins Freie.

Die Einfahrt war bis auf ein paar Mülltonnen leer. Keine Spur von einer wandernden Statue.

Am Montag waren gleich fünf weitere Klassenzimmer verwüstet, und die Schäden waren noch schlimmer als zuvor. Frau Nagel rief abermals die Polizei, die alles aufnahm, aber auch nur ratlos den Kopf schüttelte. Es blieb ein Rätsel, wie die Vandalen in die abgeschlossenen Räume gelangen konnten.

Jupiter wollte unbedingt die Dschungelstatue untersuchen und schlich bereits in der ersten Pause in den Schulgarten. Starr und kalt, von Schlingpflanzen überwachsen, stand die Figur da wie immer.

Oder war sie tiefer in den Boden gesunken? Jupiter betrachtete sie prüfend. Sie war doch noch mehr zur Seite geneigt als vorher, oder?

Seitlich von ihm raschelte es. Er drehte erschrocken den Kopf und sah, wie sich die zarten grünen Blätter eines Busches bewegten, als würde der Wind durchstreichen. Aber es wehte gar kein Wind.

„Dich krieg ich!“, murmelte Jup und rannte los. Das heißt, er wollte losrennen, kam aber keinen Schritt vom Fleck. Seine Sportschuhe waren im weichen Boden eingesunken. Jupiter hatte es nicht bemerkt, bekam die Füße nicht in die Höhe und schlug der Länge nach hin. Er spürte, wie die kühle Feuchtigkeit des Schlamms durch seine Jeans kroch.

Fluchend kämpfte er sich in die Höhe. Seine Hose war nicht mehr verwaschen blau, sondern matschbraun. Der Schlamm schmatzte eklig, als es ihm endlich gelang, seine Schuhe hinauszuziehen. Die Löcher im Boden schlossen sich wie Fischmäuler.

In der Schule schrillte die Glocke. Jupiter

warf noch einen letzten Blick zu dem Strauch. Die Blätter bewegten sich nicht mehr. Jup hastete los, stieß aber schon nach ein paar Schritten mit jemandem zusammen.

„Aaaaaa!" Jupiter erschrak doppelt, als er in das wütende Gesicht von Frau Nagel blickte. Ihre Mundwinkel waren tief nach unten gezogen, und ihre Augenbrauen bildeten einen dicken Strich.

„Ich wusste, dass ein Schüler mit den Zerstörungen zu tun hat. Ich kann es nicht beweisen, aber mein Verdacht fällt auf dich!", zischte sie. „Du schleichst in letzter Zeit sehr oft hier herum, Jupiter Katz. Ich verspreche dir, du entkommst deiner Strafe nicht!"

Jup schluckte heftig und brachte es über sich zu fragen: „Sind Sie schon länger hier? Ich meine, waren Sie vorhin hinter dem Strauch?"

Frau Nagel warf ihm einen bitterbösen Blick zu. „Verschwinde in deine Klasse! Wir sprechen uns noch."

Mit gesenktem Kopf zog Jupiter ab. Ihm stand eine Menge Ärger ins Haus.

DER WANDERNDE BUSCH

Gleich nach der Schule kamen Vicky und Nick mit Jup zu einem Gruselclub-Treffen zusammen. Es gab Wichtiges zu besprechen.

In der Folterkammer berichtete Jupiter von seiner Begegnung mit Frau Nagel. „Ich wette, sie wird meinen Vater anrufen. Paps nimmt solche Sachen ziemlich locker, aber glücklich darüber wird er trotzdem nicht sein."

„Wer war hinter dem Busch?", wollte Vicky wissen.

„Bestimmt ist der Busch lebendig geworden. Wie damals der Baum, der mich getreten hat", meinte Nick.

Jupiter und Vicky verdrehten die Augen und zeigten ihm den Vogel.

Nick sprang wütend auf. „Ihr eingebildeten Lackaffen! Nur weil ihr ein paar Zentimeter größer seid, habt ihr nicht mehr Hirn. Ich finde euch echt blöd!" Er war so wütend, dass er aus der Folterkammer rannte und die dicke Holztür hinter sich zuwarf. Das alte Gemäuer wurde erschüttert, als sie mit einem Knall ins Schloss fiel.

„Lass ihn, er regt sich wieder ab!", sagte Vicky, als Jupiter ihm nachlaufen wollte.

Nick stürmte die ausgetretene Steintreppe nach oben und ins Freie. Er hatte es satt, immer als „der Kleine" behandelt zu werden. Er würde den beiden hochnäsigen Großen zeigen, was in ihm steckte. Er würde alleine rausfinden, was sich im Schulgarten abspielte.

Nick schwang sich auf sein Fahrrad und trat in die Pedale. Ein langer Schatten glitt plötzlich über ihn hinweg. Schlagartig war es nicht mehr frühsommerlich warm, sondern ziemlich kühl. Nick warf einen Blick zum Himmel und sah dunkle Wolken, die sich vor die Sonne geschoben hatten.

In der Ferne grollte Donner.

Nick trat heftig in die Pedale. Er wollte sofort zur Schule. Er würde den Garten absuchen und einen Beweis finden, dass die Bäume und Büsche lebendig wurden.

Das Schulhaus war um diese Tageszeit leer und verlassen. Wie immer waren alle Türen abgesperrt, auch das Tor zum Schulhof. Nick lehnte sein Fahrrad an die Mauer und kletterte flink über das Gitter.

Ein eisiger Wind strich durch den Schulgarten, als Nick dort ankam. Die Blätter der

Bäume raschelten, als wären sie aus dünnem Pergament.

Als er zwischen den knorrigen, schiefen Baumstämmen stand, verließ Nick plötzlich der Mut. Die Stämme schienen sich alle zu ihm zu neigen und die Äste wie gierige Finger nach ihm auszustrecken. Außerdem hatte er das Gefühl, von Hunderten Augen beobachtet zu werden.

Keuchend stand er da und wagte keine Bewegung. Wieso war er bloß allein hergekommen?

Die Blätter und Äste eines Busches bewegten sich, obwohl sich der Wind gerade gelegt hatte und die anderen Sträucher und Bäume völlig still waren.

Nick öffnete den Mund zu einem Schrei. Doch er bekam keinen Ton heraus. Mit weit aufgerissenen Augen beobachtete er, wie der Busch langsam auf ihn zukam.

Im Geheimtreff des Gruselclubs lümmelten Jup und Vicky in den uralten Holzstühlen. Sie hatten die Beine auf den Tisch gelegt und starrten zur bemoosten Decke des Verlieses.

Beide überlegten, was sie als Nächstes tun sollten. Wie konnten sie dem Geheimnis der Dschungelstatue auf die Spur kommen?

Jupiter kratzte sich immer wieder am Kinn. „Du, die Zerstörungen in den Klassen sind immer nur an ganz bestimmten Tagen aufgetreten", sagte er plötzlich.

„Was für Tagen?", wollte Vicky wissen.

„Es gab vorher immer ein Gewitter", meinte Jup.

DER BLITZ

Im Schulgarten stand Nick wie angewurzelt und starrte auf den Strauch, der seine langen Dornenranken nach ihm ausstreckte. Die Dornen hakten sich in seinem Pulli fest, und die Ranken zogen ihn auf den Strauch zu.

Endlich löste sich der Knoten in Nicks Hals, und er schrie laut.

Auf Burg Falkenfels machten sich Vicky und Jupiter zur gleichen Zeit zum Aufbruch bereit. Sie hatten die drohenden Gewitterwolken gesehen und wollten die Gelegenheit nutzen. Vielleicht gab die Steinfigur bei Blitz und Donner ihr Geheimnis endlich preis. Mit Regenjacken ausgerüstet, schwangen sich die beiden auf die Fahrräder.

Nick brüllte noch immer.

Der Busch kicherte hämisch und schadenfroh.

Er schien sich an Nicks Angst zu weiden und schüttelte die Äste und Ranken.

Und dann entdeckte Nick etwas: Hinter dem Busch stand ein grünes Hosenbein mit einem schwarzen Sportschuh darunter. Und daneben gleich noch ein zweites.

„Kaninchen, bist du das?“, rief Nick.

Der Busch hörte zu lachen auf und bewegte sich nicht mehr. Nach einer kurzen Pause kam Markus hervor. Er ging in dieselbe Klasse wie Nick, hatte weizenblondes Haar und vorstehende Zähne. Ihretwegen hatte er den Spitznamen „Kaninchen“ bekommen.

Hinter Markus tauchten noch ein zweiter Junge und ein Mädchen auf. Nick kannte beide. Sie waren aus der Parallelklasse und hießen Natascha und Erik.

Wütend befreite sich Nick von den Dornenranken. Er war vor allem sauer auf sich selbst. Wie hatte er nur auf die drei reinfallen können?

„Was soll der Quatsch?“, schnaubte er empört.

Natascha hob die Arme und taumelte wie ein Zombie auf ihn zu. „Wir sind der Geisterclub. Wir spuken überall!“ Sie brach in schallendes Gelächter aus, und die anderen beiden stimmten ein.

„Geisterclub?“ Nick verzog das Gesicht.

„Wir sind wie der Gruselclub, nur besser!“, erklärte Markus.

„He, ihr schleicht uns wohl nach, nicht wahr?“, rief Nick.

Das Schweigen der drei war ein eindeutiges Ja. Nick ahnte, dass der „Geisterclub“ schon eine Weile hinter ihnen her war. Er bohrte weiter und erfuhr, dass Markus und seine Freunde ihm neulich im Schulgarten den Tritt versetzt und die schaurigen Geräusche gemacht hatten. Es gab auch keine wandernde Statue. Die Fratze an der Milchglasscheibe war Erik gewesen.

„Wir kommen jedem Spuk auf die Spur!“, prahlte Markus.

„So? Dann wisst ihr bestimmt auch schon, wer die Klassen verwüstet!“, gab Nick zurück.

„Es ist dieser komische Gnom am Teich!“, sagte Natascha.

Markus stapfte voran, die anderen beiden folgten ihm.

Ein Blitz zuckte über den Himmel, und gleich darauf krachte der Donner. Das Gewitter war genau über der Schule.

Der Geisterclub blieb stehen. Die drei sahen einander an und schüttelten die Köpfe. „Ne, nass werden will ich nicht!“, meinte Erik, drehte sich um und lief weg. Natascha und Markus folgten ihm.

Nick wäre ihnen am liebsten sofort nachgerannt, aber diesen Triumph wollte er ihnen nicht gönnen. Besorgt blickte er zum Himmel.

Könnte der Blitz in einen Baum des Schulgartens einschlagen?

Nick sah sich um. Rundherum standen mehrere Häuser, die alle höher als die Bäume waren. Der Blitz würde bestimmt den kürzesten Weg zur Erde suchen und in einen Blitzableiter fahren.

Kaum hatte er das gedacht, zerriss der nächste Blitz die düstere Stimmung zwischen den Bäumen. Nick erschauerte, und sein Mund klappte auf. Er konnte nicht fassen, was sich vor ihm abspielte.

Vicky und Jup sahen die drei Geisterclub-Mitglieder vor den ersten Regentropfen flüchten, als sie am Schulhaus ankamen. Sie fanden Nicks Rad am Gitter und stellten ihre Räder dazu. Der Regen prasselte auf ihre Köpfe, als sie über den Zaun kletterten.

Ein scharfes Zischen ertönte, und der Schulgarten wurde in grelles Licht getaucht. Der darauffolgende Donner ließ die Fensterscheiben klirren.

Jupiter und Vicky zogen die Kapuzen der Regenjacken tief ins Gesicht und liefen gebückt durch den Schulgarten. Rund um sie schlugen die Tropfen wie Glasmurmeln auf den Boden.

Über dem Teich wallte eine dicke Nebelschicht.

Vicky schrie auf und deutete zum Ufer. Im

Schlamm steckte einer von Nicks Sportschuhen. Nick selbst war aber nicht zu sehen. Sie riefen nach ihm, erhielten jedoch keine Antwort.

Im Nebel bewegte sich etwas. Es waren Pflanzen, deren Blüten die Form von Mäulern hatten.

„Das muss ich mir aus der Nähe ansehen", keuchte Jupiter.

„Nein, bleib hier!", warnte ihn Vicky.

WIE EINE SCHLANGE …

Jupiter war nicht aufzuhalten. Er lief auf die steinerne Statue zu. Diesmal würde er ihr Geheimnis lüften.

Über ihm zuckten mehrere Blitze. Die steinerne Statue zog sie wie ein Magnet an. Zischend und knallend sausten sie in den Kopf der Statue. Die grünen Strahlen, die daraufhin aus ihren Augen schossen, waren dick wie Riesenschlangen. In wellenförmigen Bewegungen durchdrangen sie den Nebel über dem Teich und bohrten sich tief in das schlammige Wasser.

Die Augen der Statue hörten nicht auf zu leuchten, und das Grün der Strahlen wurde greller und greller. Sie schien die Energie der Blitze speichern zu können.

Was war das für eine Figur? Handelte es sich um einen versteinerten Geist? Einen finsteren Dämon?

Jup war noch nicht einmal drei Schritte weit

gekommen, als sich etwas wie eine eiserne Fessel um seinen Knöchel schlang und ihn mit einem Ruck zu Boden riss. Jupiter schrie und versuchte, wieder aufzuspringen. Doch das Ding an seinem Bein war stärker. Ungeheure Kräfte zerrten ihn zum Teich.

Nein, nicht schon wieder in das faulige Wasser! Jupiter krallte sich am nassen Gras fest. Seine Finger bekamen ein besonders langes Büschel zu fassen und umklammerten es.

Aua! Die Halme bogen sich hinab und stachen ihn wie Nadeln. Die sonst so weichen Spitzen schienen hart wie Stahl zu sein. Jupiter musste den Griff lösen und wurde weitergeschleppt.

„Vicky, Hilfe!", schrie er.

Wieso kam sie nicht? Wieso ließ sie ihn im Stich?

Plötzlich wurde die Rutschpartie über den schlammigen Boden unterbrochen. Jupiter griff schnell an seinen Knöchel. Seine Finger ertasteten dort etwas Dickes, Raues, das sich wie ein Tau anfühlte. Als er es berührte, löste es sich von seinem Bein.

Doch Jup hatte sich zu früh gefreut. Wie eine Schlange wand sich die grüne Ranke um sein Handgelenk und zerrte ihn nun am Arm auf den Teich zu. Die Schlingpflanze konnte sich bewegen wie ein Tier.

Das Ufer des Teiches war nur noch einen Steinwurf entfernt. Jupiter stieg schon der faulige Geruch des Wassers in die Nase. Er bohrte die freie Hand in den Schlamm und angelte mit den Füßen nach Halt. Sein Schuh blieb an einem Baumstumpf hängen, und Jupiter versuchte sich dort festzuhalten. Die Schlingpflanze an seinem Arm zog noch kräftiger.

„Vicky! Mach etwas!“, wollte Jupiter brüllen. Aus seinem Mund kam aber nur ein schwaches Krächzen.

Vicky hatte mit offenem Mund und weit aufgerissenen Augen beobachtet, wie sich die Ranke der Schlingpflanze auf Jupiter gestürzt hatte. Der Schreck hatte sie gelähmt. Es dauerte endlose Sekunden, bis sie endlich einen klaren Gedanken fassen konnte.

Was sollte sie nur tun? Wie konnte sie Jupiter retten?

Sie blickte sich mit wildem Blick um.

In einem Baumstumpf nicht weit von ihr sah sie eine Axt stecken.

Vicky stürzte dorthin, zog die Axt mit einem Ruck heraus und lief zurück zu Jup. Sie zögerte kurz, dann durchtrennte sie die Ranke der Schlingpflanze mit einem kräftigen Hieb. An den Beinen zog sie Jupiter vom Teich weg.

„Lass das, lass mich los!“, protestierte er.

Ein tiefer, dröhnender Schrei kam aus dem Nebel und raste auf Vicky und Jup zu. Der Nebel wurde zerrissen, und eine entsetzliche Gestalt tauchte auf.

HUNGRIGE MÄULER

Jupiter und Vicky brüllten aus Leibeskräften.

Ein weit aufgerissenes grünes Maul brüllte zurück. Sein Inneres war violett, und der Gestank von verfaultem Fleisch schlug ihnen entgegen. Vogelfedern und Holzsplitter klebten an den Rändern des Mauls.

Hinter ihm tauchten noch ein zweites und ein drittes Maul auf. Alle drei sahen angriffslustig, gierig und gefährlich aus.

Es schien sich um eine fleischfressende Pflanzenart zu handeln, die auf dem Grund des Tümpels gewachsen sein musste. Die grünen Strahlen aus den Augen der Statue hatten sie zum Wuchern gebracht.

Die drei Pflanzenköpfe wackelten unschlüssig über dem Teich. Unter ihnen schäumte das Wasser, als würde es kochen. Mit lautem Plätschern brach noch ein vierter Pflanzenkopf durch die Oberfläche. Er war so riesig wie die drei anderen zusammen. Als sein Maul aufklappte, knackte und krachte es. Das Geräusch erinnerte an Karotten, die in der Mitte durchgebrochen wurden.

„Nein!“, schrie Vicky, als sie sah, was in dem Riesenmaul lag. Es waren Nicks Kappe und sein zweiter Schuh. Beide waren von einem ekligen milchigen Saft umhüllt.

Vicky hatte plötzlich keine Kraft mehr in den Beinen. Die Pflanze hatte Nick gefressen. Niemals hätte Vicky ihn allein gehen lassen dürfen. Sie war schuld! Sie würde sich das niemals verzeihen können.

Jupiter war starr vor Schreck. Die Pflanzen hatten bestimmt auch die Vögel und Frösche gejagt, die im Garten gelebt hatten. Deshalb war es hier so still geworden.

Jetzt kannte er auch das Geheimnis des Schlammlochs, das er in seinem Traum nach dem Sturz in den Teich gesehen hatte. Auch dort waren diese Pflanzen gewuchert. Die grünen Strahlen aus den Augen des Dämons hatten sie zum Wachsen gebracht. Die Ranken hatten sich bereits an ihm hochgeschlängelt.

Die hungrigen Mäuler mussten sich auch an der Außenwand des Schulhauses nach oben gerankt haben und durch die kleinen Fensterspalten in die Klassenzimmer gelangt sein. Dort hatten sie dann Möbel und Bleistifte zerbissen.

Die Pflanzenköpfe kamen drohend näher.

Jupiter machte eine schnelle Bewegung auf sie zu. Er fuchtelte mit den Armen und schrie sie an, aber die grünen Monster aus dem Teich ließen sich davon nicht beeindrucken.

Vicky hatte einen herumliegenden Stock gepackt und ging damit auf die Pflanzenungeheuer los. Eines der grünen Mäuler schnappte sich den Stock und biss ihn mit einem lauten Knacken durch.

„Das nützt alles nichts!", schrie Jup durch das Prasseln des Regens. Weder er noch Vicky achteten auf den Boden, und keiner der beiden bemerkte, was sich unter ihren Füßen tat. Zuerst war es nur ein leichtes Zittern der Erde. Dann ging alles sehr schnell.

Aus der schlammigen Erde schossen lange graubraune Finger in die Höhe und griffen nach ihnen. Jup und Vicky sprangen hoch und versuchten, sich loszureißen. Es gelang ihnen, aber die Finger gaben nicht auf und angelten wieder nach ihren Beinen.

Jupiter und Vicky ergriffen die Flucht, doch sie kamen nicht weit. Vor ihnen, hinter ihnen und neben ihnen schossen die grauen Finger aus dem Boden. Sie schlangen sich um ihre Knöchel und brachten die Freunde zum Stolpern. Kaum lagen sie auf der Erde, stürzten sich die Ranken auf sie. Es waren Wurzeln, haarige Wurzeln, die sie gefangen hielten.

Vom Teich kam ein knarrendes Geräusch. An

langen Stielen wuchsen die grünen Mäuler aus dem Wasser. Sie bewegten sich langsam wie aufgerichtete Schlangen auf Vicky und Jupiter zu. Hungrig klappten die grünen Hälften auf und zu.

„Die werden uns auch fressen!“, keuchte Jupiter. Er zerrte an den Wurzeln, doch sie gaben keinen Millimeter nach.

Vicky versuchte sich dünner zu machen und aus den Schlingen zu winden. Die Wurzeln zogen sich sofort enger zu.

Es war aussichtslos.

DER GEIST AUS DEM DSCHUNGEL

Die Mäuler der fressenden Pflanzen standen genau über den Köpfen von Vicky und Jupiter. Klebriger weißer Saft tropfte von oben auf die beiden herab. Das größte Maul klappte auf und senkte sich langsam auf sie nieder. Nicks Kappe rutschte heraus und landete auf Jupiters Kopf. Sie war eklig warm und nass.

„Schnell, beeilen Sie sich doch!“, hörte Vicky die Stimme ihres Bruders.

Er lebte! Er musste sich im Inneren der Pflanze befinden.

„Nick, Nick, wo steckst du?“, krächzte Vicky.

„Tempo, sehen Sie nicht, was diese Monster hier tun?“, sagte ihr Bruder.

Mit wem redete er?

„Tempo, schlafen Sie nicht im Gehen!“, schrie Nick. Seine Stimme kam von hinten.

Vicky schaffte es, den Kopf zu drehen. Und

dann sah sie ihn. Er trug keine Kappe, und sein Haar klebte nass am Kopf. Barfuß stapfte er durch den schlammigen Garten.

Hinter ihm tauchte Herr Nickelson auf. Er schleppte eine Statue auf der Schulter. Es war die Figur, die dem Gruselclub beim Besuch im Haus des Sammlers aufgefallen war, weil sie eine verkleinerte Nachbildung des Dschungeldämons in den Händen hielt.

„Los, tun Sie etwas. Die Monster drehen durch!", brüllte Nick.

Herr Nickelson zitterte am ganzen Körper. Er machte einen großen Bogen um die fleischfressenden Pflanzen und lief von der anderen Seite zu der steinernen Figur am Teich. Dort stellte er die große Statue ab und verzog sich sofort wieder.

„Befreit uns doch. Los!", schrien Jup und Vicky.

Nick zog sein Taschenmesser aus der Hose und begann, an einer der Wurzeln zu säbeln. Ängstlich behielt er dabei die grässlichen, sabbernden Pflanzenmäuler im Blick.

Die Wurzeln gehörten zu ihnen und schienen schmerzempfindlich zu sein. Eines der Mäuler gab einen wütenden Laut von sich und schnappte nach Nick. Er wich aus und setzte seine Arbeit fort.

„Pass auf!", schrie Vicky warnend.

Es war zu spät. Rund um ihren kleinen Bruder

hatten sich mehrere Wurzelspitzen durch den Boden gebohrt. Sie umwucherten ihn und machten jede Bewegung unmöglich. Wütend versuchte sich Nick loszureißen, doch es war aussichtslos.

„Tun Sie doch was! Sie sind an allem schuld!“, schrien die drei Freunde Herrn Nickelson zu.

Der Sammler stand zehn Schritte entfernt und zuckte hilflos mit den Achseln.

„Ich … ich wusste nicht, dass solche Monster aus den Samen wachsen. Die Samen waren in der Figur. Ich habe einen auf meinem Fensterbrett in einen Blumentopf gesteckt, aber es wurde nur ein kleines Pflänzchen daraus. Ich habe geahnt, dass es über ungewöhnliche Kräfte verfügt, deshalb habe ich es hierher gebracht. Der Schulgarten erschien mir sicher. Als ich die Figur aufstellte, sind die restlichen Samen in den Teich gefallen!“ Der Sammler stieß Satz für Satz hervor. Wie ein begossener Pudel stand er im Regen, entsetzt darüber, was er angerichtet hatte.

„Keine Vorträge, befreien Sie uns!“ Vicky, Nick und Jupiter waren inzwischen außer sich vor Angst.

„Ich … ich komme nicht näher … sonst … sonst erlebe ich das Gleiche wie ihr!“, sagte Herr Nickelson. „Der Blitz muss in die andere Statue einschlagen. Nur sie kann den Zauber des Dschungeldämons beenden!“

Aber es blitzte nicht mehr. Das Gewitter zog ab, und der Regen wurde schwächer.

„Stehen Sie nicht herum! Helfen Sie uns!“, beschworen Jup, Vicky und Nick den Sammler. Doch dieser schüttelte nur stumm und hilflos den Kopf.

Jupiter war es gelungen, sich aufzusetzen. Er konnte die steinerne Figur sehen, mit der alles begonnen hatte. Ihr Mund schien noch breiter und boshafter zu grinsen als sonst.

Nein, das war gar nicht ihr Mund. Es war die Korallenschlange, die über das steinerne Gesicht kroch.

Herr Nickelson hatte sie auch bemerkt.

„Der Dschungelgeist, der in Verbindung mit dem Blitz die dunkle Kraft des Dämons weckt!“, hauchte Herr Nickelson ehrfürchtig.

Die Korallenschlange ringelte sich um die steinerne Krone der Statue, richtete sich auf und warf den Kopf in die Höhe, als würde sie schallend lachen. Kein Laut kam dabei aus ihrem Maul.

Die grünen Mäuler der fleischfressenden Pflanzen machten jede ihrer Bewegungen nach. Auch sie schienen zu lachen und ihren Triumph auszukosten.

„Nein, nicht … hört auf … haut ab!“, schrie Jupiter.

Die Schlange schien sich an seiner Angst zu weiden. Sie bäumte sich noch größer auf.

„Wir … wir haben Angst … nicht!“, flehte Jupiter.

Als würde sie aus seiner Furcht Kraft gewinnen, wuchs die Schlange rasend schnell zu übernatürlicher Größe an und richtete sich auf.

GRAUER STAUB

„Bitte nicht … lasst uns … wir haben euch nichts getan … nicht, bitte nicht!“, jammerte Jup weiter. Vicky und Nick flüsterte er zu: „Macht mit, los!“

Die beiden stimmten in sein Betteln ein.

Augenblicklich wuchs die Schlange noch schneller. Sie war mittlerweile dick wie ein Arm, und ihr Kopf hatte schon fast die Höhe des ersten Stocks der Schule erreicht. Das Maul war riesig, die Giftzähne lang und gebogen wie eine Sichel. Ihre Augen begannen, grünlich zu leuchten.

Auch die Mäuler der fleischfressenden Pflanzen hatten sich aufgerichtet. Ihre Stiele waren ebenfalls gewachsen. Drohend standen sie über den Gefangenen.

Die drei täuschten verzweifeltes Schluchzen und Weinen vor, was die Dschungeldämonen sehr zu freuen schien.

Dann ging alles sehr schnell.

Die Riesenschlange berührte die herabhängende Stromleitung und verwandelte sich in einen grellweißen Blitz. Die steinerne Statue schien lautlos aufzuschreien.

Das alles dauerte nur den Bruchteil einer Sekunde.

Jupiter, Nick und Vicky hatten geblendet die Augen geschlossen. Als sie sie wieder öffneten, war von der Steinfigur und der Schlange nur ein Häufchen grauer Staub übrig.

Die Wurzeln, die sie umklammert hatten, lösten sich und sanken schlaff zu Boden.

„Weg!", schrie Jupiter.

Über ihnen knickten die langen Stiele der Monsterpflanzen ein. Welk stürzten sie zu Boden und schlugen mit einem dumpfen Knall auf.

Herr Nickelson riss der großen Statue, die er gebracht hatte, die verkleinerte Nachbildung des Dschungeldämons aus den Händen. Er schraubte die Krone wie einen Deckel ab und schaufelte hastig den grauen Staub hinein. Danach schulterte er seine Statue wieder und ergriff die Flucht.

„Seht euch das an!", keuchte Nick.

Die Wurzeln der Monsterpflanzen verschwanden im Boden, und die welken Pflanzenköpfe wurden in den Teich zurückgezogen, wo sie gurgelnd versanken.

„Das glaubt uns kein Mensch!", meinte Vicky leise.

„Es ist besser, wenn wir niemandem davon erzählen!“, schlug Jup vor.

„Wie sind deine Kappe und dein Schuh in das Maul dieser Monster gekommen?“, wollte Vicky wissen.

„Ich ... ich habe ein Geräusch im Teich gehört und bin nachsehen gegangen. Plötzlich schossen diese Pflanzen in die Höhe. Mein Schuh blieb im Schlamm stecken. Als die Mäuler nach mir geschnappt haben, habe ich meine Kappe nach ihnen geworfen und dann den zweiten Schuh. Ich konnte abhauen und bin zu Herrn Nickelson gerannt, damit er etwas unternimmt!“, berichtete Nick.

Jupiter streckte den Daumen nach oben. Nick hatte ganze Arbeit geleistet.

„Nicht schlecht, kleiner Bruder!“, musste sogar Vicky anerkennen.

Nick grinste stolz.

Am Montag waren alle Spuren des Spukes aus dem Schulgarten verschwunden. Aus der Zeitung erfuhr der Gruselclub, dass auch Herr Nickelson das Weite gesucht hatte. Über Nacht war er mit allen seinen Statuen aus dem Haus ausgezogen und hatte zahlreiche unbezahlte Rechnungen zurückgelassen.

Eine Woche später wurde endlich die herabhängende Stromleitung repariert. Danach war der Schulgarten wieder für alle betretbar.

Die nächste Biologiestunde von Jupiters Klasse fand im Schulgarten statt. Die Schüler bekamen die Aufgabe, verschiedene Pflanzen zu bestimmen.

„Ich habe etwas Interessantes gefunden!", rief Arno, ein absoluter Musterschüler. Er brachte der Biologielehrerin eine graugrüne Kugel.

Die Lehrerin betrachtete sie lange und schüttelte den Kopf. „Das ist kein Samen. Sieht eher aus … wie eine Murmel."

Arno war enttäuscht und warf die Kugel in den Teich. Es blubberte heftig, als das graugrüne Ding im Wasser verschwand. Noch im Sinken platzte es auf, und ein dünner Trieb schoss nach oben. An seiner Spitze bildete sich eine Art Blüte. Sie hatte die Form eines Maules, das hungrig auf- und zuklappte …

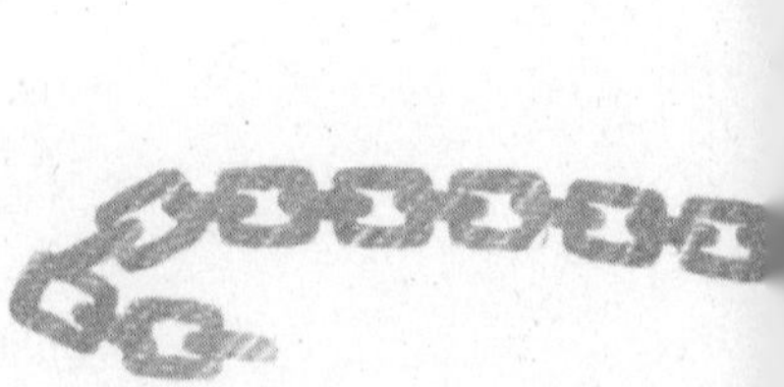

DER VAMPIR-SARG

DER SARG DES EDUARDO

Hinter der Tür des Trödelladens begann eine andere Welt. Jupiter Katz spürte es sofort, als er mit seinem Vater den Raum betrat.

Draußen war ein kühler Sommertag. Im Laden von Jutta Lenske aber war es stickig und heiß wie auf einem Dachboden, den die Sonne viele Stunden lang aufgeheizt hatte.

Eine eigenartige Mischung von Gerüchen stieg Jup in die Nase. Es roch nach feuchten, alten Stoffen, Moder, nasser Erde, schimmelndem Mauerwerk und abgewetztem Leder. Staub tanzte in der Luft.

Auch Jupiters Vater, Professor Erasmus Katz, hatte Mühe zu atmen. Er warf seinem Sohn seufzend einen Blick zu und zuckte entschuldigend mit den Schultern.

„Ist ja nicht deine Schuld, dass es hier so stinkt!“, meinte Jupiter leise.

Der Vorhang, der den vorderen Teil des

Trödelladens vom hinteren trennte, wurde zur Seite gerissen. Eine alte Dame trat heraus. Sie stützte sich auf einen Stock, ging jedoch kerzengerade, als hätte sie einen Besen verschluckt.

„Na endlich!“, keifte sie die Besucher an.

„Guten Tag, Frau Lenske“, sagte Professor Katz ruhig. „Mein Name ist Erasmus Katz. Sie haben mich gebeten, vorbeizukommen.“

Hinter einem wuchtigen alten Schrank tauchte ein schmächtiger Junge auf. Seine Augen erschienen riesig hinter den dicken Gläsern seiner Brille. Er trug eine graue Hose und einen schwarzen Pullover über einem weißen Hemd.

„Was sind denn das für Grufti-Klamotten?“, dachte Jupiter.

„Ich habe vor zwei Tagen eine neue Lieferung erhalten“, erzählte Frau Lenske. „Sachen aus dem Besitz eines alten Grafen, der in Transsilvanien gelebt hat. Trödel, den er auf dem Speicher aufbewahrt hat. Doch befindet sich ein Stück darunter, das mir Kopfzerbrechen bereitet.“

Die energische alte Dame gab Jupiters Vater einen Wink, nach hinten mitzukommen. Sie drehte sich um und stieß dabei mit dem Jungen mit der Brille zusammen.

„Hast du keine Augen im Kopf?“, fuhr sie ihn an. Zu Jupiters Vater sagte sie: „Das ist Kai, mein Neffe. Er lebt bei mir, weil seine Eltern beide im Ausland arbeiten. Schrecklich ungeschicktes Kind.“

Kai senkte beschämt den Kopf.

Der Lagerraum hinter dem Vorhang war vom Boden bis zur Decke mit Gerümpel vollgestopft.

Frau Lenske bahnte sich einen Weg, indem sie alte Vasen, Bücher, einen ausgestopften Biber und eine löchrige Tasche mit dem Stock zur Seite fegte. Sie führte den Professor und Jup zu einem Bild, das mit einem Tuch verhängt war. Davor stand etwas, das wie eine Bank aussah und ebenfalls abgedeckt war.

Mit einem Ruck zog Frau Lenske das Tuch von dem Bild weg. Es zeigte einen jungen Mann in dunkelgrünem Wams. Er hatte kurzes Haar und trug einen länglichen Hut, der schief auf seinem Kopf saß.

„Lesen Sie!", befahl Frau Lenske und zeigte auf die schmutzige Metallplakette am unteren Rand des Bilderrahmens.

Eduardo Montenero

stand darauf.

Mit einer schnellen Handbewegung zog Frau Lenske nun auch die Decke fort, die über der Bank lag.

Jup atmete erschrocken ein.

Ein dunkler Sarg war zum Vorschein gekommen. Die Oberfläche war mit Figuren aus Metall verziert. Bei genauerem Hinsehen erkannte Jupiter Fledermäuse, Schlangen und einen Totenkopf. Dicke Eisenketten waren viele Male um den Sarg geschlungen und mit mehreren riesigen Vorhängeschlössern abgesperrt.

„Und jetzt lesen Sie das!“, sagte Frau Lenske. Ihr knochiger Finger legte sich auf dicke Buchstaben, die in das Kopfende des Sargs geschnitzt waren.

EDUARDO MONTENERO

Herausfordernd sah Frau Lenske Professor Katz an.

„Ein Sarg, der nicht beigesetzt wurde“, sagte der Professor nachdenklich. Er untersuchte die dünne Ritze zwischen Deckel und Unterteil. Prüfend ließ er den Finger darübergleiten. „Der Sarg ist weder zugeschweißt noch versiegelt. Merkwürdig sind die Ketten.“

„Da, vielleicht können Sie die gebrauchen!“, sagte Frau Lenske mit geheimnisvoller Stimme. Aus der Tasche ihres Kleides zog sie drei rostige Schlüssel und reichte sie dem Professor.

Jupiters Vater versuchte damit die Schlösser aufzuschließen, hatte aber kein Glück. Der erste Schlüssel brach ab, die beiden anderen ließen sich nicht einmal in die Schlüssellöcher stecken. Als Professor Katz an den Ketten zog, zerrissen sie wie eine alte Schnur und fielen unter lautem Rasseln zu Boden. Eine Wolke aus Rost stieg auf.

Jupiter stieß einen erschrockenen Schrei aus.

„Was soll das?", fuhr ihn Frau Lenske an.

Jup ärgerte sich über sich selbst. Er war erschrocken, weil ihn etwas Kaltes am Arm berührt hatte. Dabei hatte sich nur Kai neben ihn geschoben.

„Überhaupt möchte ich nicht, dass dieser Junge alles sieht und hört. Es geht ihn nichts an!", erklärte Frau Lenske.

Professor Katz hob die Augenbrauen und nickte seinem Sohn seufzend zu. Jup verstand, verzog säuerlich den Mund und ging nach vorne in den Laden. Kai folgte ihm.

„Weißt du, wieso deine Tante meinen Vater gerufen hat?", fragte ihn Jupiter.

Kai nickte ernst, seine Augen wirkten plötzlich noch größer.

„Und warum?", bohrte Jup weiter.

Mehrmals setzte Kai zu einer Antwort an, doch brachte sie nicht heraus.

„Also was?" Jup wurde ungeduldig.

Endlich begann Kai, flüsternd zu erzählen. Jupiter blieb der Mund offen stehen.

DAS KLOPFEN

Am frühen Abend saß Jupiter mit seinem Vater in der Küche von Burg Falkenfels beim Abendessen. Es gab Kartoffelauflauf, den Jup selbst gekocht hatte. Seit dem Tod seiner Mutter führte er den Haushalt. Sein Vater, Professor Erasmus Katz, wäre dazu nie in der Lage gewesen. Er war Tag und Nacht mit seinen Forschungen beschäftigt, tippte Artikel für verschiedene Zeitschriften oder war unterwegs, um Vorträge zu halten.

„Und, wie lautet dein Urteil über diesen Geistersarg?“, wollte Jup wissen.

Professor Katz grinste schief. „Mein Urteil lautet: Da sind die Holzwürmer drinnen.“

Jupiter war enttäuscht. Er hatte sich eine aufregendere Antwort erhofft.

„Holzwürmer? Bist du sicher? Frau Lenske und ihr Neffe haben beide am Vorabend ein Klopfen aus dem Sarg gehört.“

Das hatte Kai jedenfalls erzählt.

Professor Katz nickte. „Jaja, so ist es. Wenn die Würmer ihre Gänge durch das morsche Holz bohren, machen sie manchmal ein klopfendes Geräusch. Der Sarg ist ungefähr dreihundert Jahre alt und mit großer Wahrscheinlichkeit leer. Ich halte ihn für einen schaurigen Scherz. Dieser Eduardo hat damit wahrscheinlich seine Freunde erschreckt. Mittlerweile ist der gute Mann sicher in der Familiengruft bestattet, und sein Spielzeugsarg ist auf einem Speicher verstaubt."

„Aber ... aber vielleicht ... liegt doch jemand drinnen ... der geklopft hat ...", sagte Jupiter vorsichtig.

Sein Vater schüttelte lachend den Kopf. „Bestimmt nicht!"

Jup schob mit der Gabel die Kartoffelstücke auf dem Teller herum. „Hast du den Sarg geöffnet?"

„Nein, er lässt sich nicht öffnen. Aber ich habe ihn angehoben. Er ist ganz leicht, und das bedeutet, er ist leer!"

Für Professor Katz war die Sache damit abgeschlossen, für Jupiter aber noch lange nicht. Er wollte sofort eine Gruselclub-Sitzung einberufen und den anderen von dem Sarg erzählen. Als er mit seiner Cousine telefonierte, rief sein Vater: „Wenn Vicky und Nick kommen, sollen sie bitte die Tageslichtlampe mitnehmen, die mir ihre Mutter geborgt hat."

„Okay", brummte Jupiter und redete weiter. Die Lampe interessierte ihn nicht besonders.

Im Trödelladen kauerte Kai auf einer Kiste und las in einem dicken Buch. Das heißt, er tat nur so. In Wirklichkeit spähte er immer wieder über den Rand des Buches zu seiner Tante. Sie hatte ihm verboten, in das Hinterzimmer zu gehen. Aber genau dort wollte er unbedingt hin.

Durch die schmutzigen Schaufensterscheiben fiel das rötliche Licht der untergehenden Sonne. Die Schatten des alten Plunders im Laden wurden immer länger.

Frau Lenske trat aus dem Lagerraum, bewaffnet mit Staubwedel, Schrubber und Eimer. „So viel Dreck auf einem Fleck habe ich noch nie erlebt!", schimpfte sie und wusch sich die Hände. Beim Abtrocknen bellte sie: „Ich muss schnell los und einkaufen. Dich schicke ich besser nicht. Du vergisst wieder die Hälfte! Herr Turkowatz wollte noch kommen und die geschliffenen Gläser abholen. Sag ihm, er soll auf mich warten. Hast du verstanden?"

Kai nickte artig.

Kaum aber war die Ladentür hinter seiner Tante zugefallen, klappte er das Buch zu und schlich in den hinteren Raum. Den Vorhang zog er zur Sicherheit zu.

Unheimliche Dunkelheit umgab ihn, und er zog den Kopf ein. Er hatte das Gefühl, angestarrt zu werden. Hunderte Augen schienen ihn mit ihren Blicken zu durchbohren. Sie waren hinter ihm. Langsam drehte er sich um und hob den Kopf.

Er sah den Umriss des ausgestopften Bibers und stieß einen erstickten Schrei aus. Täuschte er sich, oder bewegten sich die Augen wirklich? Kai trat einen Schritt zurück.

Etwas Hartes traf ihn in den Kniekehlen. Er riss die Arme in die Höhe und versuchte vergeblich, das Gleichgewicht zu halten. Kai stürzte nach hinten und landete in einer weich gepolsterten, engen Kiste.

Eine weich gepolsterte Kiste?

Mit Entsetzen wurde Kai bewusst, worum es sich handelte. Aber warum stand der Sarg offen? Kai versuchte sofort, wieder herauszukriechen, doch es gelang ihm nicht. Er kam nicht in die Höhe. Der Junge keuchte und schnaufte verzweifelt.

Da stieg ihm ein unerträglicher Gestank von Moder in die Nase und raubte ihm fast den Atem.

Kai wollte schreien, doch er brachte keinen Ton heraus. Sein Hals war wie abgeschnürt.

Und dann erkannte er den Grund, warum er nicht in die Höhe kam: Kalte, trockene Finger lagen auf seinem Hals. Feuchter Atem, der nach verfaultem Fleisch roch, wehte ihm von oben entgegen. Zwei weiße Punkte blitzten über ihm auf.

Kai rang nach Luft und schaffte es endlich, aus Leibeskräften zu brüllen. Ein Schrei voller Angst und Entsetzen schallte durch den Lagerraum. Aber er wurde vom dicken Vorhang im Durchgang erstickt.

Ungefähr zehn Minuten später betrat der Gruselclub den Trödelladen.

„Guten Tag!", rief Jupiter.

Vicky verzog das Gesicht. „Du meinst wohl, guten Abend. Es ist bereits halb acht und ein Wunder, dass der Laden überhaupt noch auf hat."

„Was würden wir nur ohne dich machen, Frau Superschlau?", stöhnte Jup. Er war ziemlich aufgeregt. Würde Frau Lenske sie rauswerfen, oder konnten sie einen Blick auf den Sarg werfen?

„Hallo? Ist da jemand?", rief Jupiter.

Im Laden blieb es still.

Nick tippte ungeduldig mit der Schuhspitze auf den Boden. „Sollen wir hier Wurzeln schlagen oder was?"

Jupiter schritt zögernd auf den dicken Vorhang zu, streckte die Hand danach aus und schob ihn ein Stück zur Seite. Die Messing-Gardinenringe klimperten auf der Stange.

Aus dem Lagerraum schlug ihm der Geruch von feuchtem Mauerwerk und Moder entgegen. Erkennen konnte er aber nur schattige Umrisse.

Suchend tastete Jup die Wand neben dem Türrahmen ab. Er fand ein dickes Kabel, an dessen Ende sich ein Drehschalter befand. An der Decke flammten nackte Glühbirnen auf.

„Oh, Mann, was ist denn hier passiert?", flüsterte Jup.

Vicky und Nick drängten sich an ihm vorbei in den muffigen Lagerraum und erkannten dort den Sarg. Er sah aus, wie Jup ihn beschrieben hatte. Aber der Deckel war leicht verrutscht, und am Regal direkt neben dem Sarg hing ein Stück Stoff. Es sah aus wie ein Hemdzipfel.

DER SARG GEHT AUF

Langsam, Schritt für Schritt, gingen die drei näher an den Sarg heran.

Nick stöhnte leise.

„Was ist, hast du dir in die Hosen gemacht?", fuhr ihn seine große Schwester an.

„Nein, natürlich nicht!", fauchte Nick zurück.

Drei Meter vor dem Sarg blieb Jup plötzlich stehen. Die anderen prallten gegen ihn.

„Was ist?", erkundigte sich Nick flüsternd.

Jupiter schüttelte langsam den Kopf. „Geht es euch auch so? Ich habe das Gefühl, eine unsichtbare Hand hält mich zurück."

Vicky verdrehte die Augen. „Jungs! Immer eine große Klappe, aber wenn es darauf ankommt, kriegt ihr das große Zittern."

Nick und Jupiter sahen einander kurz an, nickten sich zu und traten zur Seite. Mit der Hand machten sie eine einladende Bewegung zum Sarg hin.

„Äh … also …" Vicky begann hektisch, ihre

Brille mit einem Zipfel ihres Pullis zu polieren.

„Was ist? Hat dich unser großes Zittern vielleicht angesteckt?“, ätzte Jup.

„Blödmänner!“, schimpfte Vicky und streckte den beiden die Zunge raus. Sie richtete sich gerade auf, holte tief Luft und trat mit schnellen Schritten an den Sarg heran. Hektisch begutachtete sie ihn von allen Seiten.

„Da ist nichts! Du spinnst einfach, Jupiter!“, sagte sie betont lässig. Allerdings hatte sie es sehr eilig, zu den Jungen zurückzukommen.

Ping!, tönte es aus unbestimmter Richtung.

Nick sah sich hastig um. Was war das? Irgendetwas hatte sich verändert, aber was?

Ping!

War es dunkler geworden?

Ping!

Vicky erkannte, was los war. „Die Glühbirnen brennen durch! Eine nach der anderen!“

Wie auf ein Stichwort machte es noch zweimal *Ping!*, und im Lagerraum wurde es finster.

„Los, raus hier!“, rief Jupiter in Panik. Er drängte die anderen in Richtung Vorhang, war dabei aber zu heftig. Nick stürzte mit einem leisen Schrei. Vicky stolperte über ihn und riss auch ihren Cousin mit zu Boden.

Ein dünner Lichtstreifen leuchtete auf.

Jup, Vicky und Nick brüllten wie auf Kommando los.

Das war nicht möglich!

Ein hohes, langgezogenes Knarren schallte durch den Lagerraum.

Der Lichtstreifen wurde immer breiter.

Der Deckel des Sarges klappte langsam in die Höhe. Aus dem Inneren kam kaltes, grünliches Licht.

Die drei Freunde versuchten auf die Beine zu kommen. Jeder trat und boxte dabei unabsichtlich die anderen, und alle drei keuchten, schnauften und wimmerten.

Fauliger Gestank wehte aus dem Sarg zu ihnen.

Ein heiseres Kichern drang durch den Raum, wurde immer tiefer und lauter und steigerte sich zu einem dröhnendem Lachen.

„Das kommt … aus dem Sarg … Es liegt doch jemand drinnen!“, stieß Jup aus.

„Wir müssen nachsehen!“, flüsterte Vicky. „Das ist *die* Gelegenheit!“

„Spinnst du!“, rief Nick. „Niemals!“

Der Deckel des Sarges stand mittlerweile offen, verdeckte den dreien aber den Blick ins Innere. Sie mussten schon näher herangehen, wenn sie mehr erfahren wollten.

VICKYS SCHREI

Das quietschende Knarren hatte aufgehört. Auch das schauerliche Lachen war verstummt. Nur das grünliche Licht glühte noch immer und ließ das Gerümpel im Lager wilde Schatten werfen.

„Also was jetzt?“, fragte Jupiter ruppig. Er wäre am liebsten weggerannt, traute sich aber nicht, es zuzugeben.

„Ich sehe schon, ich muss die Sache in die Hand nehmen“, erwiderte Vicky und versuchte dabei, locker zu klingen. Es machte ihr Spaß, die Jungen als Feiglinge dastehen zu lassen, auch wenn ihr selbst die Knie schlotterten.

Sie stand entschlossen auf und machte ein paar schnelle Schritte auf den Sarg zu, weil sie es sich sonst bestimmt noch anders überlegt hätte. Nun stand sie am schmalen Ende der offenen Totentruhe und starrte hinein. Das giftgrüne Licht tanzte auf ihrem Gesicht.

„Was siehst du?“, wollte Jupiter wissen.

In diesem Augenblick erlosch das Licht, und die Dunkelheit machte sich wieder breit.

„Aaaa…" Vickys Schrei wurde schnell erstickt. Etwas krachte zu Boden, Holz splitterte.

„Vi… Vicky? Was … was ist los?", rief Nick mit hoher, piepsiger Stimme.

Er bekam keine Antwort.

„Vicky? Sag doch etwas!", drängte Jupiter.

Es blieb totenstill.

„Hast du eine Taschenlampe?", fragte Jup flüsternd.

„Nein!", hauchte Nick verzweifelt.

„Wir müssen Licht machen!", keuchte Jup.

„Aber die Glühbirnen sind doch kaputt!", erinnerte ihn Nick. „Was … was ist nur mit Vicky geschehen?"

Etwas Schreckliches, ging es Jupiter durch den Kopf, doch er sprach den Gedanken nicht aus.

Das grüne Licht flammte wieder auf …

… und der Platz vor dem Sarg war leer.

„Wo … wo ist Vicky?", krächzte Nick und ärgerte sich, weil ihm die Angst anzuhören war.

„Die … die macht bestimmt nur einen Scherz", versuchte ihn Jupiter zu beruhigen. Daran glaubte er aber selbst nicht so recht. Trotzdem sagte er: „He … komm raus … du hast dich doch nur versteckt, Vicky."

Im Lagerraum blieb es still. Auch von draußen kam kein Laut.

„Vielleicht … ist sie in den Sarg gefallen und bewusstlos!“, flüsterte Nick.

In Jups Kopf überschlugen sich die Gedanken. Vicky konnte im Sarg etwas Schauriges entdeckt haben und ohnmächtig geworden sein.

„Komm, wir müssen nachsehen, was da los ist!“, sagte Jup. Bevor Nick noch protestieren konnte, hatte er ihn schon am Arm gepackt und mitgezogen. Sie erreichten die Stelle, an der Vicky gestanden hatte. Der Blick in den Sarg ließ sie entsetzt nach Luft schnappen.

Wieder erlosch das Licht. Jup spürte einen eisigen Hauch, der ihn an der Seite streifte. Mit einem heftigen Tritt wurde er kopfüber in den Sarg befördert. Nur eine Sekunde später passierte Nick dasselbe.

Einem kurzen Knarren folgte ein donnernder Knall, der die Wände des Lagerraums erzittern ließ. Aus einem Regal kippten alte, verstaubte Gläser und zerbrachen auf dem Boden.

Durch den Raum hallte ein tiefes, kehliges Lachen, das kalt und grausam klang.

Das Bild von Eduardo war zu Boden gefallen und stand zwischen dem Gerümpel auf dem Kopf. Halb verdeckt durch ein Tuch, waren zwei lange Vampirzähne auf dem Gemälde zu erkennen.

DAS SCHLOSS

Wie eine Decke aus Eis legte sich die Kälte auf Jupiter und Nick. Rund um sie war es stockfinster und schrecklich still. Die beiden konnten das Blut in ihren Ohren rauschen hören.

Ein leises Stöhnen ertönte, dem ein entsetzter Schrei folgte. „Weg … verschwinde! Hau ab! Runter!“

Die Jungen wurden getreten, gekratzt und gebissen.

„Vicky, hör auf. Das sind doch nur wir!“, rief Jupiter.

„Jup? Nick? Was soll das? Wollt ihr mich zerquetschen?“

„Nein, wir sind auch im Sarg gelandet. Genau wie du!“, erklärte Jupiter stöhnend.

„Dann steigt wieder raus. Ich krieg keine Luft mehr!“, keuchte Vicky und begann, wieder zu strampeln.

„Geht nicht. Der Deckel ist zu. Wir … wir sind eingeschlossen!“, jammerte Nick.

Vicky streckte die Arme aus und tastete die Umgebung ab.

„Sarg? Was redet ihr da von Sarg? Wir liegen in keinem Sarg!“, sagte sie bestimmt. Mit einem kräftigen Stoß beförderte sie die Jungen zur Seite und richtete sich auf. Sie fuhr sich durch die Haare und atmete tief ein und aus.

„Häää?“ Nick wollte seine Kappe abnehmen und sich verwundert am Kopf kratzen. Aber sie war nicht mehr da.

Die drei lagen im Freien. Der Boden war hart, steinig und kalt. Über ihnen spannte sich der schwarze Nachthimmel. Große dunkle Wolken zogen rasch dahin. Nur ganz kurz kam manchmal zwischen ihnen der Mond zum Vorschein und tauchte die Umgebung in bleiches Licht.

„Wo sind wir hier?“, fragte Jupiter. Er stand auf und drehte sich einmal im Kreis. Soweit er erkennen konnte, befanden sie sich auf einem Hügel. Ein gewundener Weg führte herauf, der an jeder Kurve von Ölfackeln beleuchtet wurde.

Unten auf der weiten Ebene standen dicht aneinandergedrängt ein paar niedrige Häuschen. Auf dem Hügel aber thronte ein Schloss, das nur aus Türmen zu bestehen schien. Eine lange und breite Treppe führte zu einem Tor, das im Mondlicht silbern schimmerte.

„Ich glaub, ich spinne“, hauchte Nick.

„Das glaub ich nicht, das weiß ich!“, sagte Vicky trocken.

Jetzt erst fiel den dreien auf, dass ihre Jeans und Pullis verschwunden waren. Die Jungen trugen Stiefel, helle Hosen und rote Jacken mit Messingknöpfen. Auf ihrer Brust bauschten sich weiße Spitzen und Rüschen. Vicky trug ein blaues, edel geschnittenes Kleid.

Nick schnitt eine Grimasse. Er zupfte mit spitzen Fingern an den Rüschen, als wären es giftige Tiere, und stöhnte: „Was ist hier nur passiert?“

„Wie um alles in der Welt sind wir auf diesen Berg gekommen? Und wieso haben wir diese Klamotten an?“ Jupiter schüttelte fassungslos den Kopf.

„Hat wohl mit dem Sarg zu tun“, vermutete Vicky.

„Und was machen wir jetzt? Ich will nach Hause!“, jammerte Nick.

Vicky strich ihm zärtlich über den Kopf und spottete: „Na klar, Bubi muss ins Heia-Bettchen.“

Nick fletschte die Zähne und zischte seine Schwester giftig an.

„Hört auf, haltet den Mund!“, ging Jupiter dazwischen.

Schweigend standen die drei da und lauschten in die Nacht. Jup wurde das Gefühl nicht los, beobachtet zu werden. Täuschte er sich, oder war da wirklich jemand? Das Schloss sah doch völlig unbewohnt aus.

Er kniff die Augen zusammen und schreckte zurück. An den verzierten Fassaden der Schlosstürme reihte sich eine Dämonenfigur an die andere. Alle glotzten mit steinernen Augen herab. Zwischen ihnen, auf einem kleinen Balkon, stand eine unheimliche Gestalt.

DER SPÄTE BESUCHER

Vicky beugte sich zu Jupiter und flüsterte: „Wer … wer ist das?“

Jup zuckte mit den Schultern. „Woher soll ich das wissen?“

„Der … der Kerl beobachtet gar nicht uns. Er hält nach etwas Ausschau!“, stellte Nick fest.

Vom Weg kam Pferdegetrappel. Eine Peitsche knallte, und eine Kutsche holperte ächzend und knarrend die Straße hinauf. Sie zog eine hohe Staubwolke hinter sich her.

„Die kommt genau hierher!“, keuchte Nick.

Jupiter sah sich nach einem Versteck um und entdeckte ein paar Felsbrocken. „Los, dahinter!“, flüsterte er und zog seine Freunde mit sich.

In diesem Augenblick verschwand der Mond wieder hinter einem Wolkenfetzen, und es wurde dunkel.

„Aaaaaa!“, schrie Jup. Vicky spürte, wie er neben ihr in der Tiefe verschwand. Sie versuchte, ihn festzuhalten, griff aber ins Leere.

„Wo ist er?" Nick riss aufgeregt am Kleid seiner Schwester.

Von unten ertönte ein schwaches Stöhnen.

Der Mond kam wieder hervor und beleuchtete den Platz hinter den Steinen. Vicky und Nick schluckten heftig. Sie blickten auf eine rechteckige Öffnung im Boden, die mindestens drei Meter tief war. Daneben türmte sich die ausgehobene Erde. Vicky verzog angeekelt das Gesicht, als sie die vielen Würmer sah, die ihre Gänge in das matschige Erdreich bohrten.

Jupiter kauerte auf dem Boden der Grube und hielt sich den Rücken. Jede Bewegung tat höllisch weh.

„Wir holen dich raus!", versprach Vicky. Doch Jup musste noch ein bisschen Geduld haben. Die dunkle Kutsche kam um die Ecke geprescht und raste auf das Ende der Treppe zu, die zum Schloss hinaufführte.

„Ho!", schrie der Mann auf dem Kutschbock und riss an den langen Zügeln. Die Pferde blieben unter lautem Gewieher stehen und bäumten sich auf. Der Kutscher hatte Mühe, die wilden Rappen unter Kontrolle zu halten.

Die Tür der Kutsche wurde aufgestoßen, und ein Mann mit einem hohen Zylinder und einem weiten Umhang stieg aus. In der Hand hielt er eine längliche Tasche.

„Scheint ein Arzt zu sein", flüsterte Vicky ihrem Bruder zu. Die beiden kauerten hinter den

Felsen und spähten zwischen den Steinen hindurch.

Der Mann schritt die lange Treppe zum Schloss hinauf und packte den Türklopfer, der die Form eines Hundekopfes hatte. Dreimal pochte er gegen das Tor. Minuten schienen zu vergehen, bis es geöffnet wurde.

Eine Frau mit Spitzenhäubchen und langer grauer Schürze erschien. Sie hielt einen Kerzenständer in der Hand und leuchtete dem späten Besucher ins Gesicht.

„Ich bin Doktor Darium, der Graf erwartet mich!", erklärte der Mann mit dunkler Stimme.

Die Frau, anscheinend die Köchin, wischte die grauen Haarsträhnen zur Seite, die ihr ins Gesicht fielen. Sie hielt den Blick zu Boden gesenkt und krächzte heiser: „Wenn der Herr hereinkommen möge."

Nachdem der Mann eingetreten war, fiel das Tor mit einem donnernden Knall wieder zu.

„Was ist? Holt ihr mich endlich raus?", kam Jupiters Stimme aus der Tiefe. „Ich habe keine Lust, noch länger in diesem Grab zu hocken."

Vicky und Nick knieten sich an den Rand des Loches und streckten die Arme aus. Jupiter griff zu, und mit vereinten Kräften schafften sie es, ihn nach oben zu befördern.

Mit einem tiefen, erleichterten Seufzen lehnte sich Jup gegen einen der hohen Felsen. Zu seiner großen Überraschung gab der Stein nach und kippte nach hinten. Wie ein Stehaufmännchen bewegte er sich dann aber zurück und stieß Jupiter wieder gefährlich nahe an das Grab. Auf allen vieren konnte er sich gerade noch schnaufend zur Seite retten.

Vicky knabberte nervös an einer Haarsträhne. Ein frisch ausgehobenes Grab, wackelnde Felsen, ein später Gast im Schloss …

Was hatte das alles zu bedeuten?

VERSAMMLUNG IM SCHLOSS

Jupiter war ein paar Schritte vorgegangen und blickte den steilen Abhang hinunter. Er gab seinen Freunden ein Zeichen zu kommen.

„Seht ihr die breite Schleifspur?“, fragte er.

Nick und Vicky nickten.

Jup untersuchte den Boden und sagte: „Die Steine sind hier hochgezogen worden. Da bin ich mir sehr sicher. Die ganze Aktion hat wahrscheinlich sogar erst heute stattgefunden.“

„Sollen das alles Grabsteine werden?“ Nick blickte von Vicky zu Jupiter. Die beiden zuckten ratlos mit den Schultern.

Einen Grabstein gab es bereits. Er lag an einem Ende der offenen Grube mit der Rückseite nach oben.

„Kommt, wir stellen ihn auf. Vielleicht ist ein Name eingemeißelt“, sagte Jup.

Die drei bohrten ihre Finger in die weiche Erde unter dem Grabstein und begannen zu ziehen und zu zerren. Der Mond beleuchtete sie dabei.

Vicky zog die Hände plötzlich zurück und schnappte erschrocken nach Luft. Der Schatten eines Mannes war auf dem Boden neben ihnen aufgetaucht. Sie drehte sich um und sah in ein uraltes Gesicht. Eine Laterne wurde von knochigen Fingern hochgehoben.

„Was tut ihr da?", fragte der Mann mit brüchiger, heiserer Stimme.

„Ni… nichts!", stammelte Vicky.

Nick und Jupiter ließen den Grabstein fallen und wischten sich hastig die dreckigen Hände an ihren feinen Jacken ab. „Ja, ja … gar nichts!", pflichteten sie Vicky bei.

„Das glaube ich euch nicht. Ihr kommt mit zum Grafen. Mal sehen, ob er euch Glauben schenkt!"

Die Mitglieder des Gruselclubs wichen langsam zurück. Sie wollten gerade weglaufen, da stieß der Alte einen gellenden Pfiff aus. Aus der Nacht tauchten mit lautem, geiferndem Gebell vier bullige Hunde auf. Sie stellten sich hinter den drei Freunden auf und knurrten warnend.

Jup, Vicky und Nick blieb nichts anderes übrig, als dem alten Mann zu folgen. Er führte sie die Treppe zum Schloss nach oben und öffnete das Tor.

Die Hunde blieben unten zurück und legten sich vor die letzte Stufe.

„Nur herein", hustete der Mann und scheuchte sie ins Innere. Hinter ihnen warf er das Tor zu und sperrte dreimal ab. Das Schloss krachte, als er den Schlüssel rauszog.

„Aber … wir … wir haben …", begann Vicky, brach jedoch mitten im Satz wieder ab.

Der Mann war verschwunden. Sie standen allein in einer riesigen Halle, inmitten eines Waldes aus steinernen Säulen.

„Sollen wir rufen?", fragte Nick.

Jupiter winkte ab und deutete stumm nach rechts. Dort stand eine Tür einen kleinen Spaltbreit offen. Ein schwacher Lichtschimmer fiel auf den Boden. Gedämpfte Stimmen waren zu hören.

Auf Zehenspitzen schlichen die drei an die Tür und spähten durch den Spalt in den Raum, der dahinter lag.

In einem Polstersessel saß der Mann, den sie vorhin auf dem Balkon gesehen hatten. Hinter und neben ihm standen mehrere Leute. Alle schienen sehr aufgeregt zu sein.

Jupiter blickte an sich hinab und stellte fest, dass die Herren genauso gekleidet waren wie er. Nur waren ihre Jacken alle dunkelblau oder schwarz. Die Damen trugen verschiedenfarbige Kleider, die aussahen wie das von Vicky.

An das Sims des Kamins lehnte sich der Mann, der gerade mit der Kutsche angekommen war.

„Doktor Darium, wir haben Sie schon viel früher erwartet. Wieso kommen Sie so spät?", fragte der Mann im Polstersessel. Handelte es sich um den Grafen?

„Eine Brücke war auf meinem Weg eingestürzt. Der Kutscher musste einen großen Umweg machen“, erklärte der Doktor.

„Sie kennen den Grund, weshalb wir Sie gerufen haben“, sagte der Mann.

Der Doktor ging vor ihm auf und ab und ließ die Finger knacken. „Es geht um Euren Cousin, der vor einigen Wochen tot in seinem Bett aufgefunden wurde. Nach alter Sitte wurde er in der Familiengruft, die sich im Keller des Schlosses befindet, beigesetzt. Stimmt das so weit?“

Der alte Mann und die anderen Anwesenden nickten.

„Nun scheint es aber, dass Euer Cousin ein Untoter ist, der sich Nacht für Nacht aus seinem Sarg erhebt und die Umgebung unsicher macht. Er sucht Opfer, denen er seine langen spitzen Eckzähne durch die Haut bohrt. Dann saugt er sie aus, bis kein Tropfen Blut in ihnen bleibt. Er ist das, was man einen Vampir nennt. Anscheinend wurde er selbst durch einen Vampirbiss zu einem Untoten. Richtig?“

Wieder nickten seine Zuhörer, diesmal schneller und ängstlicher.

Jupiter wich plötzlich alle Farbe aus dem Gesicht. Er klappte stumm den Mund auf und zu.

„Was ist denn los?“, wollte Vicky wissen.

„Horror! Totaler Horror!“, keuchte Jup. „Der Spiegel!“

Jetzt erkannte Vicky es auch. Hinter dem Polstersessel war ein großer Wandspiegel, in dem ein Teil der Gesellschaft im Raum zu sehen war. Nur ein älterer Herr, der neben dem Sessel stand, war auf dem Spiegelbild unsichtbar.

DER PLAN DES VAMPIRJÄGERS

„Wir müssen die Leute warnen!“, würgte Jupiter hervor. „Der Vampir steht mitten unter ihnen.“

Nick schüttelte ungläubig den Kopf.

„Doch … das ist er. Der Spiegel beweist es. Vampire haben kein Spiegelbild!“, erklärte Jup.

Die Leute im Zimmer bemerkten nichts und lauschten gespannt den Ausführungen des Doktors.

„Habt Ihr das Grab ausgehoben, wie ich es Euch angeraten habe?“, wollte er wissen.

Der Graf nickte. „Direkt neben dem Haus, wo wir es immer im Auge behalten können. Auch die schweren Steine wurden auf den Berg geschafft.“

Doktor Darium lächelte zufrieden. „Wir werden ihn tief eingraben, wenn ich fertig bin, und die Steine über das Grab legen, sodass er es niemals wieder verlassen kann.“

„Was … was werden Sie tun?“, wollte der Graf wissen.

Der Doktor ließ die Tasche aufspringen und holte einen zugespitzten Holzpflock und einen schweren Holzhammer heraus. Er zeigte ihn den Leuten, die ängstlich schluckten. „Es gibt nur ein Mittel, einem Vampir für immer das Handwerk zu legen. Man muss ihm mit diesem Holz das Herz durchbohren."

Die Anwesenden stießen erschrockene Schreie aus und schlugen die Hände vors Gesicht.

„Ich habe auf diese Weise schon vielen Vampiren ein Ende bereitet", versicherte Doktor Darium.

Vicky konnte sich nicht länger zurückhalten. Sie stürmte in den Raum, der von Hunderten Kerzen erhellt wurde, und rief: „Der Vampir ist hier!"

Die Leute starrten sie zuerst mit weit aufgerissenen Augen an. Dann stoben sie schreiend auseinander und drängten sich zitternd an die Wand.

Mit großen Schritten kam Doktor Darium auf Vicky zu. Er musterte sie mit dunklen, stechenden Augen. „Wer ist dieses Kind? Was redet es da? Wo soll der Vampir sein?"

„Da!" Vicky deutete auf die Stelle, wo der Herr vorhin zwischen den Leuten gestanden hatte. Doch dort war niemand mehr. Verwirrt sah sie sich um, konnte den Mann aber nirgendwo mehr entdecken.

„Er … er ist weg!“, stammelte sie.

Der Vampirjäger baute sich vor ihr auf, hob eine Augenbraue und fuhr sie an: „Was soll die Störung?“

Jupiter wurde klar, wieso Doktor Darium so wütend war. Er dachte wohl, Vicky wollte ihm ins Handwerk pfuschen.

Der Graf erhob sich aus dem Stuhl und kam mit steifen Schritten auf Vicky zu. „Wer bist du? Ich habe dich noch nie gesehen. Wie kommst du in mein Schloss?“, wollte er wissen.

„Der alte Mann … draußen … er hat … uns … wir sollten zu Ihnen kommen“, stotterte Vicky.

„Das muss Alfons gewesen sein. Der gute, alte Alfons. Ich befehle euch zu gehen. Lauft schnell nach Hause. In der Nacht ist es hier nicht mehr sicher!“ Warnend erhob der Graf den langen Zeigefinger.

„Jaja, wir gehen ja schon“, versprach Vicky und bewegte sich rückwärts aus dem Zimmer.

„Na toll, und wie sollen wir aus dem Schloss kommen? Das Tor ist abgesperrt!“, knurrte Jupiter.

Hinter ihnen klimperte etwas. Sie drehten sich um und sahen Alfons, der sie mit zusammengekniffenen Lippen und toten Augen anstarrte. „Folgt mir!“, sagte er und winkte mit der knochigen Hand. Er ging los, bog aber vor dem großen Tor ab und schritt auf eine Wendeltreppe zu, die steil nach unten führte.

„Aber … aber wieso lassen Sie uns nicht raus?“, wollte Jup wissen.

Er bekam keine Antwort.

Alfons’ Schuhe klapperten auf den steinernen Stufen in die Tiefe.

„Folgt mir!“, krächzte er immer wieder.

Zögernd gingen ihm die drei hinterher.

Die Wendeltreppe schien kein Ende zu nehmen. Wie eine riesige Schraube bohrte sie sich in die Tiefe des Berges. An der Wand steckten Fackeln in eisernen Halterungen. Über ihnen war die Mauer schwarz vor Ruß.

Immer wieder kamen Vicky, Jupiter und Nick an Türen vorbei. Einige waren verschlossen, andere nur angelehnt. Hinter ein paar von ihnen war unheimliches Rumoren zu hören.

Endlich hatten sie das Ende der Treppe erreicht.

Alfons schnappte sich eine Fackel aus der Halterung und winkte den dreien damit. „Kommt, kommt, schnell!“, drängte er.

Nick starrte den alten Mann im flackernden Licht an. Etwas stimmte nicht mit ihm. Aber was?

„Mir gefällt das nicht“, zischte er. „Lasst uns umkehren!“

Jup und Vicky schüttelten ungeduldig den Kopf. Sie hatten nur noch einen Gedanken: raus aus dem Schloss.

IM VERLIES

Alfons holte einen riesigen klirrenden Schlüsselbund aus seiner Hosentasche und suchte den richtigen Schlüssel. Damit schloss er eine dunkle, dicke Holztür auf, die mit zitterndem Knarren nach innen schwenkte.

Ein Luftzug wehte den dreien ins Gesicht.

„Geht die Stufen hinunter, dann seid ihr fast im Dorf!“, hüstelte Alfons. Als die Mitglieder des Gruselclubs nicht sofort losgingen, schob er sie in die Dunkelheit.

„Halt!“, schrie Nick. Ihm war plötzlich eingefallen, was mit Alfons nicht stimmte. „Der Schatten! Er wirft keinen Schatten!“

Doch es war zu spät. Die Tür wurde hinter ihnen zugeschlagen und abgesperrt.

„Hallo!“, rief Jupiter., Seine Stimme hallte gespenstisch wider. Sie waren gar nicht im Freien, sondern in einem Raum tief unter der Erde! Jup tastete sich zur Tür zurück und rüttelte an der eisernen Klinke.

„Euch hebe ich mir als Nachspeise auf!", kam von draußen eine hohle, grausame Stimme.

Jup bückte sich und spähte durch das Schlüsselloch. Nick hatte recht gehabt. Der falsche Alfons verformte und verwandelte sich in einen bleichgesichtigen Mann mit langem, schlohweißem Haar und blutunterlaufenen, stechenden Augen. Er öffnete den Mund weit, warf den Kopf nach hinten und begann, schallend zu lachen.

Zwei lange, spitze Eckzähne ragten aus seinem Kiefer und blitzten im Lichtschein der Fackel.

„Uuuaaaaaa!", brüllte der Vampir, und sein aufgerissener Mund raste auf das Schlüsselloch zu, als wollte er Jupiter durch die Tür beißen. Mit einem erschrockenen Aufschrei wich dieser zurück.

Der Vampir lachte darauf noch lauter. Dann eilte er mit schnellen Schritten davon. Sein Lachen verhallte in der Ferne.

„Warum hört ihr eigentlich nie auf mich?", fragte Nick wütend.

Vicky und Jup seufzten nur.

„Wir müssen versuchen, hier rauszukommen!", erklärte Jupiter.

Nick lachte spöttisch. „Sehr schlau! Allerdings befinden wir uns in einem Verlies. Das ist extra so gebaut, dass keiner entkommt."

Draußen wurden abermals Stimmen und

Schritte laut. Jupiter beugte sich wieder zum Schlüsselloch und sah den Grafen, Doktor Darium und noch zwei weitere Herren die Treppe herunterkommen.

„Ich leide unter Schlaflosigkeit und habe meinen Cousin vor drei Nächten durch Zufall beobachtet, als er kurz vor dem ersten Hahnenschrei ins Schloss zurückgekehrt ist", berichtete der Graf mit gesenkter Stimme. „Er verschwand in der Gruft, wo sich kurz darauf unter lautem Knarren ein Sargdeckel schloss. Danach hatte ich Gewissheit über sein dunkles Treiben."

Einer der anderen Männer zupfte ununterbrochen an seinem Spitzbärtchen und fragte mit hoher Stimme: „Aber glaubt Ihr, den Vampir um diese Zeit überhaupt in der Gruft anzutreffen? Es ist kurz vor Mitternacht!"

Doktor Darium hob beruhigend die Hand. „Soviel ich weiß, hat der Graf dafür gesorgt, dass der Blutsauger nicht entkommen kann."

Der Graf nickte eifrig. „Ich habe den Sarg mit Wachs versiegeln und mit langen Ketten umwickeln lassen. Aus dieser Totentruhe kann keiner entkommen."

Jupiter begann, mit den Fäusten gegen die Tür zu schlagen. Die Männer irrten sich. Der Vampir war entkommen! Er musste es ihnen sagen.

„Los, schreit mit!", sagte er zu seinen Freunden.

Sie brüllten, so laut sie konnten, und schlugen und traten gegen die Tür. Keuchend spähte Jup wieder durch das Schlüsselloch.

„Was ist?", wollte Vicky wissen.

Entmutigt ließ Jupiter die Schultern sinken. „Nichts ist, gar nichts. Sie haben uns nicht gehört."

Nick sank zu Boden und stützte den Kopf in die Hände. „Das Verlies ist schalldicht. Vielleicht ist das hier sogar eine Folterkammer. Die dicke Tür soll die Schreie der Gefolterten dämpfen."

Vicky presste die Hände auf die Ohren und stöhnte: „Hör auf, hör auf!"

„Wir müssen hier raus!", wiederholte Jupiter.

Die Augen der drei hatten sich mittlerweile an die Dunkelheit gewöhnt. In einer Ecke konnten sie alte, halb zerbrochene Dämonenfiguren von den Schlosstürmen erkennen. Dazwischen lag ein Skelett, das mit Handschellen an eine Wand gekettet war. Fette Ratten hockten auf dem Boden und fraßen Tierknochen ab. Eine Ratte nagte an einem Schlüssel.

DER SCHREI

„Vielleicht ist das der Schlüssel zur Kerkertür“, meinte Vicky hoffnungsvoll.

„Und wer schnappt ihn der Ratte weg?“, fragte Jupiter.

„Immer der, der fragt!“, antwortete Nick blitzschnell.

„Ratten können gefährliche Krankheiten übertragen. Sogar die Pest!“, hauchte Jup.

Davon hatte Nick auch schon gehört. „Bestimmt ist die Ratte bissig und schnappt, wenn wir näher kommen.“

„Oder es fallen alle Viecher über uns her und nagen uns ab wie einen Hühnerknochen!“, flüsterte Jupiter.

„Oder sie schleppen uns in eines ihrer Löcher und heben uns für den Winter als Vorrat auf!“ Nick schauderte bei dieser Vorstellung.

Vicky schüttelte den Kopf. „Typisch Jungs mal wieder! Wenn es drauf ankommt, von Mumm keine Spur!“ Sie klatschte zweimal kräftig in die Hände und rief „Husch-husch". Schon wieselten die Ratten davon und verschwanden in Mauerritzen. Vicky hob den Schlüssel auf und zeigte ihn triumphierend den Jungen.

„So macht man das, klar?"

Jupiter und Nick schwiegen verlegen.

Der Schlüssel passte. Vicky sperrte auf, und die drei stolperten auf den Gang hinaus.

„Los, und jetzt müssen wir den Grafen warnen!", sagte Jupiter und lief los, den Gang hinunter. Sie hatten das Ende noch nicht erreicht, als der Graf mit den anderen beiden Männern auftauchte und sie überrascht ansah. Doktor Darium war nicht dabei.

„Was habt ihr hier unten zu suchen? Ihr solltet das Schloss verlassen!"

„Der Vampir ... er ist frei. Er spukt durch das Schloss. Er hat die Gestalt Ihres Dieners angenommen und uns im Verlies eingeschlossen!", berichtete Jup keuchend.

„Unsinn!", sagte der Graf.

„Sie müssen sich gegen ihn schützen!", beharrte Vicky. „Schnell, holen Sie Knoblauchketten aus der Küche! Alle müssen eine umgehängt haben. Die schützt am besten gegen Vampire!"

Die Männer rümpften die Nasen. „Knoblauchketten? Niemals! Wo denkt ihr hin!"

Aus der Tiefe des Kellers kam ein langes, schaurig quietschendes Knarren.

Die Männer, Jup, Vicky und Nick verstummten.

Das Knarren riss ab. Danach herrschte Stille.

Alle hielten den Atem an.

Es war nichts mehr zu hören.

„Was … was hat das zu bedeuten?“ Der Graf sah alle nacheinander fragend an. Jeder zuckte ratlos mit den Schultern.

Und dann ertönte ein langer, gellender Schrei.

Die Männer und die drei Freunde duckten sich erschrocken.

Nach einer kurzen Pause folgten drei schnelle Hammerschläge.

Der Graf sank in sich zusammen und flüsterte heiser: „Er hat es geschafft. Wir sind von dem Fürsten der Dunkelheit befreit.“

Tapp, tapp, tapp.

Mit langsamen, schweren Schritten kam der Vampirjäger wieder die Treppe herauf. Er ging gebückt, die längliche Tasche fest an sich gepresst. „Mein Honorar“ waren seine einzigen Worte an den Grafen.

Der Schlossherr wühlte in den Taschen seiner Jacke und zog zwei Lederbeutel heraus, in denen Münzen klimperten. Mit einer Verneigung überreichte er sie dem Doktor.

„Gute Nacht!“, verabschiedete sich der Vampirjäger und stieg die Wendeltreppe nach oben. Die anderen folgten ihm. Keiner kümmerte sich mehr um die Kinder.

Nick warf einen Blick nach unten, wo sich die Gruft befand.

„Was … was geschieht jetzt mit dem Vampir?“, fragte er mit zitternder Stimme.

„Hast du doch gehört. Er ist nun wirklich tot und wird in dem Grab bestattet!“, fuhr ihn Vicky an. Ihr Herz pochte heftig.

„Gehen wir hinunter?“, wollte Jupiter wissen.

„Spinnst du?“, rief Vicky.

„Traust du dich nicht?“, gab Jup zurück. Es nagte sehr an ihm, dass Vicky vorhin bei den Ratten so cool geblieben war.

„Was willst du denn dort unten?“, fragte ihn seine Cousine.

„Nur einmal in die Gruft sehen.“

„Aber wozu?“

Jupiter lief los. „Wenn dich der Mut verlassen hat, warte eben hier!“

Das ließ Vicky nicht auf sich sitzen. Sie folgte Jup, blieb aber ganz dicht hinter ihm. Nick seufzte tief und schloss sich den beiden anderen an. Er wollte auf keinen Fall alleine bleiben.

Stufe für Stufe stiegen sie in die Tiefe hinab. Dieses Treppenhaus wurde nicht von Fackeln, sondern von Kerzen beleuchtet.

Mit jedem Schritt wurde es kälter. Es war, als würden sie in einen eisigen See abtauchen.

„Halt!“ Vicky streckte die Arme zur Seite und hielt ihren Bruder auf. Jupiter hatte sie nicht gehört und ging weiter.

„Was ist?“, wollte Nick wissen.

„Vorhin … da war etwas komisch!“, sagte Vicky leise.

„Was?“

„Zuerst war der Schrei zu hören. Dann kam eine Pause und danach folgten die drei Schläge. Findet ihr das nicht sonderbar? Eigentlich hätte es doch andersrum sein müssen, oder?!“

DIE ENTSCHEIDUNG

Vicky war aber noch etwas eingefallen. „Wir … wir waren vorhin plötzlich vor diesem Schloss. Aber wie sind wir überhaupt hergekommen?“

„Vor allem möchte ich wissen, wie wir wieder fortkommen!“, sagte Nick.

„Versuch dich zu erinnern, was geschehen ist, bevor wir vor dem Schloss auf der Erde lagen!“ Vicky hatte Nick hart am Arm gepackt.

„Aua, du tust mir weh! Ich kann auch denken, ohne dass du mir den Arm ausreißt!“, protestierte er. „Du hast in diesem komischen Sarg gelegen … ganz plötzlich … und … wir sind auch hineingestoßen worden. Und dann waren wir hier.“

Von unten kam ein erschrockener Schrei. „Wo seid ihr? Kommt schnell!“, rief Jupiter.

Vicky und Nick verzogen die Gesichter und seufzten. Sie hatten keine große Lust, noch tiefer nach unten zu steigen.

„He, kommt … schnell!“ Jupiters Stimme

klang plötzlich heiser. Es musste etwas Schreckliches geschehen sein.

Seine Freunde stürmten die glatten, kalten Steinstufen hinunter und blieben dann wie angewurzelt stehen.

Die Treppe endete an einem schmiedeeisernen Tor, das halb offen stand. Dahinter lag eine Gruft mit vier steinernen Sarkophagen. Von der Decke hing ein riesiger Leuchter, in dem gelbliche Kerzen brannten.

In der Mitte des Raumes aber stand auf einem steinernen Sockel der Sarg, den sie im Trödelladen gesehen hatten. Die drei vom Gruselclub erkannten sofort die Fledermausfiguren und den Totenkopf auf dem Deckel.

Nachdem er mehrere Male durchgeatmet hatte, wagte es Jupiter, die Gruft zu betreten. Sein Herz schlug wild. Ganz langsam ging er einmal um den Sarg herum. Am schmalen Ende blieb er kurz stehen. Seine Augen wurden groß.

„Eduardo Montenero", las er murmelnd.

„Er ist also der Vampir!" Nick spürte, wie ihm kalte Schauer über den Rücken liefen. Sie hatten wirklich im Sarg eines Vampirs gelegen. Bei diesem Gedanken schüttelte ihn das Grauen noch im Nachhinein.

„Wir sind in die Vergangenheit gereist", meinte Jupiter. „In die Gegend, in der er sein Unwesen trieb."

Vicky zupfte nervös an ihren Haaren. „Meint

ihr … denkt ihr … der Vampir … im Sarg … im Trödelladen … das Klopfen … war das er?“

Jupiter schüttelte energisch den Kopf. „Niemals … er … er ist doch … du weißt schon … Ich meine, der Vampirjäger hat ihn doch ein für alle Mal …“

„Aber wer hat uns dann in den Sarg gestoßen?“, fragte Vicky aufgebracht.

Jup fiel sofort Kai ein. Vielleicht hatte sich der Neffe von Frau Lenske einen Spaß erlaubt.

Nick ging langsam auf den Sarg zu und legte die Hand auf die graue Oberfläche aus kühlem, leicht rauem Metall. „Dieser Sarg ist die einzige Möglichkeit für uns, wieder zurück in unsere Zeit zu kommen. Ist euch das klar?“

„Aber … nein … der Vampir … er liegt doch … da drinnen mit dem Pflock im … nein … ich lege mich da nie wieder hinein!“, stotterte Vicky entsetzt.

„Aber ich will nach Hause!“, schrie Nick.

Hause … Hause … Hause, hallte das Echo von allen Seiten. Es wurde immer leiser und erstarb zu einem trockenen Flüstern. Jupiter schlich weiter um den Sarg wie die Katze um den heißen Brei. „Wieso ist der Sarg im Trödelladen aufgetaucht? Er wird doch gleich tief eingegraben!“

„Gute Frage!“, gab ihm Vicky recht.

„Was tun wir jetzt?“, wollte Nick wissen. „Wir müssen etwas tun. Oder wollt ihr für immer hierbleiben?“

Nein, das wollten die anderen beiden natürlich nicht.

„Wir müssen den Sarg öffnen!“, sagte Jupiter überzeugt.

Vicky war dagegen. „Nein! Lass uns lieber zu der Stelle vor dem Schloss zurückgehen, wo wir aufgewacht sind.“

Nick blickte ratlos zwischen Jup und seiner Schwester hin und her.

DER SCHOCK

Jupiter war nicht von seinem Vorhaben abzubringen. Er trat neben den Sarg an die Seite mit den Griffen und packte die Kante des Deckels. Er zog, doch der Deckel bewegte sich nicht. Nachdem er tief Luft geholt hatte, nahm er alle Kraft zusammen und zog noch einmal.

Der Deckel blieb zu, doch der ganze Sarg hob sich. Jup konnte ihn nicht lange halten, und der Sarg donnerte auf den Steinsockel zurück. Eine Staubwolke stieg auf.

„Es hat keinen Sinn!“, knurrte Vicky. „Vergiss es!“

Auf der Treppe wurden Schritte laut.

„Die kommen, um den Sarg zu holen!“, keuchte Nick.

„Wir müssen den Deckel aufbekommen! Wir müssen!“, japste Jupiter.

„Er ist zu! Versiegelt! Verlötet! Verschweißt!“, rief Vicky und fuchtelte aufgebracht mit den Händen.

„Wer sollte das gemacht haben? Der Vampirjäger hatte nicht genug Zeit dafür!"

Die drei blickten einander erschrocken an. Wer hielt den Deckel zu?

Wummmms! Der Deckel flog krachend auf. Wie ein Klappmesser schoss eine grünlich-blau leuchtende Gestalt in die Höhe. Es war der Vampir.

„Aaaaaaa!", schrien die drei Freunde.

Sie drängten aus der Gruft und knallten hinter sich das Gittertor zu.

Der Vampir brach wieder in grausam kaltes Gelächter aus.

„Ihr entkommt mir nicht!", drohte er. „Ich kriege euch! Ich kriege euch!"

Noch immer schreiend rannten die drei die lange Treppe hinauf. Unterwegs kamen ihnen vier schwarz gekleidete Männer mit ernsten Mienen entgegen. Sie schüttelten verwirrt die Köpfe, hielten die Freunde aber nicht auf.

„Achtung, der Vampir lebt noch immer!", warnte Vicky die Männer.

Diese runzelten aber nur zweifelnd die Stirn und gingen weiter.

Immer zwei Stufen auf einmal nehmend, rasten die drei Mitglieder des Gruselclubs nach oben und stolperten durch den muffigen Gang zur Wendeltreppe.

Alles begann sich rund um sie zu drehen, als sie die gewundene Treppe hinaufrannten.

Aus der Gruft kam ein vierstimmiger Schrei. Die Männer mussten Eduardo begegnet sein. Hatte er sie gebissen? Verwandelten sie sich nun auch in Vampire? Waren bald fünf Blutsauger hinter Jup, Vicky und Nick her?

Das grausame Lachen des Vampirs schallte durch alle Gänge und Treppenhäuser des Schlosses. Es klang, als wäre der Vampir überall. Vor ihnen, hinter ihnen, über ihnen und unter ihnen.

„Ihr entkommt mir nicht!", schrie er mit schriller Stimme, und sein irres Lachen wurde immer höher und lauter.

Endlich erreichten sie die Halle. Sie hatten es fast geschafft. Gleich waren sie aus dem Schloss heraus.

„Das Tor ist abgesperrt!", fiel Nick siedend heiß ein.

„Dann ... dann klettern wir durch das Fenster!", beschloss Jupiter. Er steuerte auf ein hohes Spitzbogenfenster zu. Die Scheibe war ein Kunstwerk, das aus vielen bunten Glasstücken zusammengesetzt war. Sie stellten einen Ritter dar.

Verzweifelt begann Jup, nach einem Fensterriegel zu suchen, fand aber keinen. „Es muss doch irgendwie aufgehen!", stöhnte er.

Plötzlich schrien die beiden anderen hinter ihm auf.

„Was habt ihr denn?", fragte Jup erschrocken.

„Zurück! Schnell!", keuchte Vicky.

Es war zu spät. Mit lautem Klirren zersprang die Scheibe, und dort, wo eben noch der Ritter gewesen war, stand jetzt Eduardo. Er hatte die Hände wie Krallen über den Kopf erhoben und riss den Mund wie ein Raubtier auf. Seine Eckzähne waren lang und spitz, und an seinem Kinn klebte Blut.

Entsetzt taumelte Jupiter nach hinten. Vicky und Nick fingen ihn auf, bevor er gegen eine Säule krachte.

„Sagte ich nicht, dass ihr mir nicht entkommen könnt?" Der Vampir grinste breit, seine roten Augen glühten. Er riss die Ränder seines langen Umhangs in die Höhe und sprang in die Höhe. Wie eine riesige Fledermaus segelte er durch die Luft, direkt auf die drei schockierten Freunde zu. Der wallende schwarze Stoff des Mantels und das blutrote Futter umhüllten sie.

DER BISS

„Habe ich euch!“, kicherte der Vampir. Er öffnete den Mantel und tastete mit seinen langen Fingernägeln nach seiner Beute.

Doch er bekam keinen der drei zu fassen.

Sie waren fort.

Mit einem Wutschrei drehte er sich um.

Jupiter kletterte gerade als Letzter zum Fenster hinaus.

„Oh nein“, zischte Eduardo und rannte auf ihn zu.

„Schneller, beeilt euch!“, drängte Jup seine Freunde.

„Geht nicht!“, jammerte Nick.

Sie standen auf einem schmalen Mauersims, mindestens fünf Meter über dem Boden.

„Weiter, weg vom Fenster!“, befahl Jupiter.

Vicky und ihr Bruder krallten sich ängstlich an der Wand fest und rutschten mit kleinen Schritten zur Seite.

Schon hatte Eduardo das Fenster erreicht.

Er beugte sich raus und griff gierig nach Jupiter.

„Aaaaaa!“, schrie Jup auf, als er die Krallen des Vampirs über den Ärmel seiner Jacke kratzen spürte. Sie waren so scharf, dass sie den Stoff zerrissen.

„Weiter … schneller!“, brüllte Jupiter.

„Geht nicht mehr!“, meldete Vicky keuchend.

Der Vampir war nun auch aus dem Fenster gestiegen. Geschickt wie eine Katze balancierte er über den schmalen Mauervorsprung immer näher auf Jupiter zu.

Wieder kam er in Griffweite. Er streckte den Arm aus und packte die Fetzen von Jups Jacke. Jupiter spürte die unglaubliche Kraft des Blutsaugers. Er musste nur ein bisschen ziehen, und schon würde er Jup in seiner Gewalt haben.

„Du gehörst mir!“, schrie Eduardo. Er zerrte an der Jacke und zog ihn zu sich. Genießerisch schloss er die Augen und öffnete weit den Mund, um seine Zähne in Jups Hals zu schlagen.

Jupiter brüllte aus Leibeskräften.

Eduardo schien sich an seiner Angst zu weiden.

Dann biss er zu.

Seine Stirn schlug gegen den Stein der Mauer.

Der Vampir riss die Augen auf und starrte auf die leere Jacke, die schlaff in seiner weißen Hand hing. Jupiter war hinausgeschlüpft und längst bei seinen Freunden.

Zitternd drängten sie sich am Ende des Simses in eine winzige Nische.

Die Wut des Vampirs war unbeschreiblich. Aus seinen Augen sprühten Blitze. Sein Gesicht war zu einer wilden, gierigen Grimasse verzerrt. Hektisch rutschte er am Sims entlang. Seine Hände und Füße klebten an der Mauer, als wäre er eine Fliege.

„Er hat uns gleich!" Die Angst schnürte Nick die Kehle zu.

„Springt!", flüsterte Jupiter.

„Bist du wahnsinnig! Wir brechen uns alle Knochen!", fuhr ihn Vicky an.

„Springt!", wiederholte Jup ungeduldig.

Als die beiden anderen noch immer zögerten, stieß er sich ab und sauste wie ein Stein in die Dunkelheit.

Nick und Vicky erwarteten einen harten Aufschlag, doch der blieb aus. Stattdessen hörten sie ein schmatzendes Geräusch und ein „Wäääää!" von Jupiter.

Eduardo zitterte vor Aufregung. „Ihr seid verloren!", drohte er.

„Springt endlich! Hier ist ein Misthaufen!", kam Jupiters Stimme von unten.

Die knochige Hand mit der Pergamenthaut sauste durch die Luft und griff nach Nick. Er duckte sich weg und sprang. Vicky folgte ihm. Ziemlich weich landeten sie im stinkenden Matsch, der nach allen Seiten spritzte.

„Igitt, ich krieg keine Luft!", stöhnte Vicky.

Die drei robbten aus dem Dreck und standen endlich wieder auf dem Platz vor dem Schloss.

„Der Sarg … wir müssen hinein. Er ist unsere einzige Chance!", rief Jupiter.

„Sehr schlau! Wozu sind wir dann rausgerannt?", knurrte Vicky.

Über ihnen stand der Vampir, der wieder seinen Mantel in Fledermausflügel verwandelte.

Neben ihnen wieherten Pferde und klapperten mit den Hufen.

„Die Kutsche von Doktor Darium!", rief Nick. „Wir fahren mit ihm. Er kann uns bestimmt helfen!"

Sie stürmten auf die Kutsche zu, wo der Vampirjäger bereits Platz genommen hatte.

VÖLLIG AUSGELIEFERT!

Aus der Kutsche kam eine Hand und packte Vicky an der Schulter. Die Hand war eiskalt, ihr Griff war eisern und zupackend wie eine Zange.

Vicky war völlig starr vor Entsetzen. Sie konnte sich nicht befreien.

Schon wurde sie in die Höhe gehoben. Ihre Füße berührten den Boden nicht mehr. Doktor Dariums kleine Augen funkelten hungrig.

„Der Vampirjäger … ist jetzt selbst ein Vampir", stammelte Jupiter, dem auf einmal klar wurde, wie die seltsamen Geräusche aus dem Keller zu erklären waren. „Eduardo hat ihn in der Gruft überrascht und gebissen. Der Schrei kam von ihm. Die Hammerschläge hat Eduardo gemacht, um alle zu täuschen."

Hinter ihm rauschte es. Wie aus dem Boden gewachsen stand der Vampir vor ihnen.

„Sehr schlau, Bürschchen, sehr schlau!", lobte er mit spöttischem Grinsen.

„Warum haben Sie uns in diese Zeit gebracht?“, wollte Jup wissen.

Eduardo hob erstaunt die weißen Augenbrauen. „Ich habe keine Ahnung, wovon du redest!“

Genüsslich sauste seine spitze schwarze Reptilienzunge über die bleichen Lippen.

„Helft mir!“, schrie Vicky.

Die Jungen drehten sich zu ihr um und erschraken. Der Vampir in der Kutsche hatte sie schon fast hineingezogen.

Über ihnen krachte etwas.

Nick sah hinauf und meldete: „Das Tor ist offen! Der Sarg wird gebracht. Die vier Männer tragen ihn, als würde jemand darin liegen.“

Eduardo wieherte vor Lachen. „Die Dummköpfe nehme ich mir später vor. Wollen mich im Grab halten. Das gelingt keinem. Niemals! Ich schwöre es bei allen finsteren Mächten!“

Einer der Männer zeigte auf den Vampir und rief: „Dort ... dort ist er! Vorhin auf der Treppe ... das war wirklich er! Der Vampir lebt tatsächlich!“

Vor Schreck ließen die Männer den grauen Sarg fallen. Er knallte auf die Treppe und rumpelte holpernd die Stufen hinunter. Dort angekommen, schlug er auf dem Boden auf, und der Deckel öffnete sich.

Jupiter zögerte keine Sekunde mehr. Er schlang seine Arme um Vickys Beine und entriss sie dem Griff des Vampirs. Als Eduardo sich auf die beiden stürzen wollte, stieß Jup seine Cousine zur Seite und formte mit den Armen ein Kreuz, das er dem Blutsauger entgegenstreckte.

Eduardo kreischte auf und wich zurück, als hätte er große Schmerzen.

„Los, in den Sarg, schnell!“, rief Jup.

„Aber … aber wenn es nicht funktioniert? Dann sind wir da drin gefangen. Dann ist alles aus! Dann hat er uns. Dann wird er uns beißen!“, jammerte Vicky.

„Wir haben keine andere Wahl!“, rief Jupiter. Er packte seine Freunde am Arm und riss sie mit sich. Beim Sarg angekommen, zögerten Vicky und Nick immer noch.

„Ihr könnt hierbleiben, ich will zurück!“, sagte er und sprang in die Totentruhe. Angeekelt spürte er den weichen Stoff rund um sich, der sich wie Spinnweben anfühlte und an seinen Kleidern und Händen kleben blieb. Der Gestank von Moder und faulenden Lilien raubte ihm fast den Atem.

Beide Vampire kamen mit ausgestreckten Armen auf den Sarg zugelaufen.

Endlich folgten Nick und Vicky ihrem Cousin, der unter ihrer Last stöhnte.

Vicky riss den Deckel herunter.

Die drei hörten, wie er zuschlug und ein Schloss einrastete.

Rund um sie wurde es stockfinster. Sie bekamen kaum Luft und hatten jeden Muskel angespannt.

Über ihnen kratzten die Nägel der Vampire auf dem metallenen Überzug des Sarges. Sie fingerten nach den Verschlüssen und hantierten daran herum. Die Schlösser öffneten sich wieder klickend.

Der Deckel wurde aufgerissen.

Ein hoher Schrei ertönte.

Jupiter hatte sich geirrt. Der Sarg hatte sie nicht zurückgebracht. Sie waren den Vampiren ausgeliefert, und es gab keine Möglichkeit mehr zu entkommen.

Hände griffen nach ihnen.

RÄTSELHAFT

„Seid ihr denn von allen guten Geistern verlassen?", keifte eine bekannte Stimme über ihnen.

Die drei hoben die Köpfe und blickten in das grelle Licht einer Taschenlampe. Schützend hielten sie eine Hand vor die Augen und spähten durch die Finger.

Die Lampe wurde von Frau Lenske gehalten. Empört klopfte sie mit ihrem Stock auf den Boden und rief: „Raus da, ihr respektlosen Früchtchen. Das wird Folgen haben! Ich beschwere mich bei euren Eltern."

Jupiter, Vicky und Nick stimmten ein Jubelgeheul an und sprangen aus dem Sarg. Sie trugen wieder ihre normale Kleidung.

Gierig atmeten sie die staubige und stickige Luft des Lagerraumes ein. Nick umarmte sogar die alte Dame und drehte sie einmal im Kreis.

„Loslassen, was soll das?", rief sie energisch.

„Wir sind wieder da. Wir haben es geschafft.

Er hat uns nicht gekriegt!", jubelte der Gruselclub im Chor.

„Was redet ihr da? Wie seid ihr überhaupt in meinen Laden gekommen?", wollte Frau Lenske wissen.

Die drei hörten sie gar nicht.

„Außerdem will ich wissen, wo mein Neffe steckt? Er hätte auf einen Kunden warten sollen, ist aber, ohne eine Nachricht zu hinterlassen, gegangen!", beschwerte sich die Besitzerin des Trödelladens.

„Kai ist fort?" Jupiter stutzte.

„Seht euch das an!" Nick bückte sich und stemmte den schweren Rahmen mit dem Ölgemälde von Eduardo Montenero in die Höhe. Darauf war nicht mehr der junge Mann, sondern Eduardo, der Vampir, zu sehen. „Ihr habt wohl nicht alle Tassen im Schrank! Wie könnt ihr es wagen, das Porträt zu übermalen?", tobte Frau Lenske.

„Das waren wir nicht. Es ... es ist von allein so geworden!", verteidigte sich Jupiter.

„Niemals, das ist nicht möglich!", keifte die Ladenbesitzerin.

„Das ist ein Vampirsarg!", erklärte Vicky. „Aber ... aber der Vampir ist nicht mehr drin."

Jupiter kam ein entsetzlicher Gedanke. „Könnte er ... könnte er entkommen sein? Ich meine ... ist er vielleicht draußen in der Nacht unterwegs?"

Den dreien wurde ganz übel bei dem Gedanken.

Frau Lenske verschränkte die Arme vor der Brust und blickte den Gruselclub tadelnd an. „Könntet ihr endlich mit diesem Unsinn aufhören. Vampire gibt es nicht! Ihr habt euch das alles nur ausgedacht, um mich zu erschrecken. Aber ich werde mich bei deinem Vater beschweren, Jupiter Katz!“

Der Fall war klar: Sie glaubte ihnen kein Wort. Ängstlich warfen die drei Blicke nach allen Seiten. Lauerte hier irgendwo Eduardo?

Energisch scheuchte sie Frau Lenske hinaus in die kühle Sommernacht.

Nick zog den Kopf ein. Es war stockfinster in der Gasse, in der der Laden lag. Alle Straßenlampen schienen durchgebrannt zu sein.

„Könnte ein Zeichen sein, dass Eduardo hier gewesen ist“, flüsterte Jupiter.

„Ich weiß, was wir machen!“, sagte Vicky. „Bevor wir nach Hause gehen, klingeln wir noch den Gemüsehändler raus und holen uns Knoblauchketten. Und wenn mein ganzes Taschengeld dafür draufgeht!“

„Gute Idee“, meinte Nick. „Aber sagt mal, was denkt ihr, ist aus Kai geworden? Was ist, wenn ihn der Vampir geschnappt hat?“

Die beiden anderen erschauerten bei dem Gedanken. Aber eine Antwort wussten auch sie nicht.

DER NÄCHTLICHE BESUCHER

Der Weg zum Ende der Gasse erschien den dreien unendlich. Ein Brausen über ihnen erschreckte sie so sehr, dass sie hinter einer Mülltonne in Deckung gingen.

Mit großen, angsterfüllten Augen starrten sie zum schwarzen Nachthimmel.

Sie atmeten erleichtert auf, als sie rote Blinklichter sahen. Sie waren vor einem Flugzeug erschrocken.

Der Gemüsehändler wohnte über seinem Laden und war gerade beim Essen. Er war ein kleiner, gemütlicher Mann mit jeder Menge Lachfalten um die Augen.

„Wozu braucht ihr drei ganze Knoblauchketten?“, fragte er, während er noch kaute.

„Gegen einen Vampir! Sie sollten auch eine tragen!“, riet Vicky dem Mann.

Der Gemüsehändler lachte, dass sein Bauch hüpfte. „Guter Witz, wirklich gut!“, kicherte er. „Übrigens solltet ihr nie Knoblauch essen, wenn ihr im Dunkeln Verstecken spielt. Es kann euch sonst jeder riechen!"

„Danke für den Tipp", brummte Vicky.

Die drei Mitglieder des Gruselclubs hängten sich die Knoblauchketten um und fühlten sich gleich besser. Trotzdem rannten sie so schnell nach Hause, dass jeder von ihnen Seitenstechen bekam. Für den nächsten Tag nach der Schule hatte Jupiter eine Gruselclub-Versammlung einberufen.

Es war schon nach zehn, als er Burg Falkenfels betrat, wo er mit seinem Vater wohnte. Auf Zehenspitzen schlich er am Arbeitszimmer des Professors vorbei, in dem noch Licht brannte.

„Wo warst du so lange? Du solltest längst im Bett sein!", hörte er die Stimme seines Vaters.

Jup seufzte und betrat das Zimmer.

„Frau Lenske hat angerufen und getobt wie Rumpelstilzchen", sagte Professor Katz. „Wie habt ihr den Sarg aufgekriegt, und warum habt ihr euch darin versteckt?"

Jupiter ließ sich auf einen Stuhl sinken und berichtete in Stichworten, was sie erlebt hatten.

Als er fertig war, schmunzelte sein Vater und meinte: „Ich glaube, ihr wolltet der zickigen Frau Lenske einen Streich spielen, seid aber eingeschlafen. Ein Sarg ist natürlich ein etwas seltsamer Ort für ein Nickerchen."

Energisch schüttelte Jupiter den Kopf. „Nein,

nein, nein. Der Vampir läuft draußen frei herum, ich bin ganz sicher."

Doch sein Vater wollte davon nichts hören. Außerdem war er mit seinen Gedanken bei einem Artikel über Hellseher und schickte seinen Sohn deshalb ins Bett.

An Schlaf war nicht zu denken. Jupiter lag wach im Bett, die Arme unter dem Kopf verschränkt, und starrte zur Decke.

Vor seinem Fenster flatterte etwas und klopfte an die Scheibe.

Erschrocken schnellte Jup in die Höhe. Der Vampir war da!

Aber es war nur Kox, seine Krähe. Jupiter hatte sie vor zwei Jahren im Schnee gefunden. Sie war am Flügel verletzt gewesen, und Jupiter hatte sie mitgenommen und gesund gepflegt. Bald hatte sich gezeigt, dass es sich um keine gewöhnliche Krähe handelte. Sie war zahm, hatte großes Talent beim Nachmachen von Stimmen und Geräuschen und außerdem einen sechsten Sinn für Übersinnliches.

Nachdem die Krähe wieder gesund war, wollte sie trotzdem nicht fort. Sie blieb im Turm der Burg, kam aber manchmal auch in die Wohnräume.

Nachdem Jup ihn eingelassen hatte, trippelte Kox über den Tisch und holte sich getrocknete Früchte aus einer Tüte.

„Wo ist der Vampir jetzt? Ob er in seinen Sarg

zurückkehrt?", überlegte Jupiter. Er beschloss, am nächsten Tag noch einen Besuch im Trödelladen zu machen. Frau Lenske würde ihn schon nicht fressen.

Schließlich übermannte ihn doch der Schlaf.

Ein sachtes Pochen weckte ihn.

Wie lange hatte er geschlafen?

In seinem Zimmer brannte noch immer die Nachttischlampe. Kox hockte auf dem Bücherregal, den Kopf unter dem Flügel, und schlief.

Es klopfte wieder.

Jemand war draußen vor der Tür und betätigte den altmodischen Türklopfer.

„Paps wird schon öffnen!", dachte Jupiter.

Poch-poch-poch.

Draußen auf dem Gang blieb es still. Keine Schritte waren zu hören.

Es war stockfinstere Nacht. Jup nahm seine Uhr vom Nachttisch. Sie zeigte ein Uhr früh.

Poch-poch-poch.

Das Klopfen war zaghaft.

Jup kämpfte sich unter der Decke hervor und tappte barfuß auf den Gang. Er lief bis zum Arbeitszimmer, das noch immer erleuchtet war. Professor Katz lag mit dem Kopf auf der Tastatur seines Computers und schlief tief und fest. Aus Erfahrung wusste Jupiter, dass ihn jetzt nicht einmal Kanonenschüsse wecken konnten.

Poch-poch-poch.

Wer war das?

Jupiters Herz pochte nun auch – so schnell und so stark, dass er förmlich spürte, wie es gegen seine Rippen schlug.

Poch-poch-poch.

Die Tür hatte kein Guckloch. Jupiter wollte fragen, wer draußen stand, brachte aber keinen Ton heraus.

KLOPFEN IN DER NACHT

Jupiter nahm allen Mut zusammen und griff nach dem alten, dicken Schlüssel. Er drehte ihn zweimal und zog die Tür nur einen winzigen Spalt auf.

Im schwachen Schein der Außenlampe stand der zitternde Kai.

„Na endlich, lass mich rein!“, keuchte er und drängte sich an Jupiter vorbei. Dabei streifte er ihn, und Jup erschauerte. Kai fühlte sich eiskalt an.

„Zeig mir deine Zähne!“, verlangte Jup.

Kai runzelte verwundert die Stirn.

„Mund auf!“, befahl Jupiter.

Kai gehorchte, und Jupiter atmete auf. Seine schlimmste Befürchtung hatte sich nicht erfüllt. Kai hatte normale Eckzähne.

„Wo warst du? Auch im Schloss des Grafen Montenero?“, fragte Jup flüsternd, während er die Tür wieder abschloss.

Kai war so erschöpft, dass er sich zu Boden

sinken ließ. Wie ein Häuflein Elend kauerte er dort und knetete seine Finger.

„Ich … ich habe ihn gespürt … den Vampir … er wollte mich beißen … aber ich konnte entkommen. Der Lagerraum hat einen Hinterausgang!“, berichtete er leise.

„Und der Vampir?“

Kai konnte nicht aufhören zu zittern. „Ich … ich habe mich draußen in einer Mülltonne versteckt.“

Das konnte man riechen. Jupiter rümpfte die Nase.

„Der Vampir … er ist erst viel später aus dem Haus gekommen, und ich glaube, er hat mich gesucht. Auf einmal war er dann verschwunden. Ich habe mich lange nicht aus der Tonne getraut.“ Kai spielte verlegen mit seinen dreckigen Schuhen. „Und dann war es schon so spät. Meine Tante war längst weg. Ich … ich wollte nicht nach Hause, weil sie bestimmt mit mir schimpfen wird. Da bist du mir eingefallen. Ich weiß, dass du hier wohnst.“

„Möchtest du heute hier schlafen?“, fragte ihn Jupiter.

Kai nickte stumm.

„Okay, aber ruf deine Tante an. Bestimmt macht sie sich Sorgen.“

Kai wollte zuerst nicht, ließ sich dann aber doch überreden. Frau Lenske war außer sich vor Sorge gewesen und konnte sich nur schwer beruhigen. Aber dann erlaubte sie Kai doch, bei Jup zu übernachten.

Jup holte eine Luftmatratze und seinen Schlafsack und legte beides in seinem Zimmer aus. Kai bemerkte die Knoblauchkette an Jupiters Bettpfosten und nahm sich ein Stück davon. „Sicher ist sicher."

Eine Frage ging Jup durch den Kopf. Wieso war der Vampir aus dem Sarg entkommen?

Fest stand, weder die Kette noch die Versiegelung hätten ihn halten können. Es musste etwas anderes gewesen sein, das ihn viele Jahre gehindert hatte, aus dem Sarg zu steigen.

Wie lange er wohl eingesperrt gewesen war? Ein Jahr, fünf Jahre, zehn Jahre oder vielleicht sogar hundert?

Je länger er gefangen gewesen war, desto größer war nun sein Durst nach Blut.

Ob er ihn in dieser Nacht schon gestillt hatte?

Im Fernsehen war die Übertragung eines wichtigen Fußballspiels gelaufen. Also war kaum jemand auf den Straßen gewesen.

„Es muss uns gelingen, diesen Vampir in den Sarg zurückzubekommen und dort festzuhalten", murmelte Jupiter.

Aber wie sollten sie das schaffen?

Erst als es draußen hell wurde, versank Jupiter in einen tiefen Schlaf. Er wusste, dass das Tageslicht ihn schützte. Vampire fürchteten es, denn Sonnenstrahlen konnten sie verbrennen.

Am nächsten Morgen gingen Kai und er gemeinsam zur Schule. Auch beim Treffen des Gruselclubs in der Pause war der Junge aus dem Trödelladen mit dabei. Jupiter erklärte den beiden anderen, was in der Nacht vorgefallen war.

Nick gähnte herzhaft.

„Freien Blick auf die Mandeln!“, witzelte Vicky.

„'tschuldigung, aber ich bin einfach total schlapp!“, verteidigte sich Nick. Er blickte von einem zum anderen und stellte fest: „Wir sehen heute übrigens alle wie Vampire aus!“

Erschrocken griffen sich Vicky und Jupiter an den Hals. Waren sie im Schlaf gebissen worden?

„Regt euch ab!“, beruhigte sie Nick. „Ich meine, wir sind alle leichenblass und haben schwarze Ringe um die Augen.“

Jupiter war beim Aufstehen ein schrecklicher Gedanke gekommen. „Eduardo hat uns absichtlich in diesen Sarg befördert, der irgendwelche dunklen Kräfte besitzt. Entweder waren wir wirklich in der Vergangenheit, oder wir haben das alles nur geträumt. Ihr wisst schon, so ein Traum mit offenen Augen. Eine schreckliche Vorstellung!“

„Halluzination ist das richtige Wort!“, belehrte ihn Vicky.

Jupiter zog eine Grimasse. Vickys Besserwisserei konnte manchmal nerven. Er war aber noch nicht fertig. „Eduardo hat seinen Sarg verlassen, und nur wir wissen davon. Ich … ich fürchte, er wird uns jagen und beißen. Er kann niemanden gebrauchen, der ihn vielleicht verrät. Er ist wieder frei, nachdem er viele Jahre in seinem Sarg gefangen war."

„Aber … aber die Ketten können ihn doch nicht aufhalten!", erinnerte Nick die anderen.

„Die nicht, aber etwas anderes. Ich habe eine Theorie: Eduardo war lange Zeit im Sarg eingeschlossen und ist fast vertrocknet. Sein Gemälde hat sich wieder in seine richtige Gestalt verwandelt. Beides hat auf dem Speicher irgendeines komischen Grafen in Transsilvanien gelagert. Aber dann kamen Bild und Sarg in den Laden deiner Tante, Kai."

Der Junge kaute vor Aufregung an seinen Fingernägeln.

„Und Eduardo hat seine große Chance gewittert. Er wollte endlich raus. Deshalb hat er geklopft."

Vicky polierte zum zehnten Mal ihre Brille. „Aber wenn ihn weder Ketten noch Siegel im Sarg halten können, was war es dann?"

„Irgendetwas muss sich am Sarg befunden haben, das entfernt worden ist", meinte Jup. „Und zwar genau vor dem Augenblick, als Kai in den Lagerraum kam und als Erster in den Sarg gestolpert ist. Er konnte sich aus ihm retten, wir nicht."

Alle drei blickten Kai fragend an. „Hat irgendjemand am Sarg herumgewerkt?“, wollte Vicky wissen.

Kai zuckte mit den Schultern. Er hatte keine Ahnung.

„Paps hat daheim bestimmt Bücher über Vampire. Wir treffen uns heute Nachmittag bei mir und lesen nach“, beschloss Jupiter.

Der Treffpunkt des Gruselclubs befand sich tief unten in einem Turm von Burg Falkenfels. Es war die ehemalige Folterkammer. Dort saßen Vicky, Nick und Jupiter am Nachmittag und wälzten dicke Bücher. Alles, was sie herausfanden, notierten sie.

Mit diesem Wissen ausgestattet, gingen sie in den Trödelladen. Frau Lenske war zum Glück nicht da. Kai kauerte auf einer kleinen Holztruhe und las einen Vampirroman. Er schreckte hoch, als der Gruselclub eintrat.

„Ich … mir … mir ist etwas eingefallen“, sagte er aufgeregt. „Meine Tante hat den Sarg geputzt, bevor der Vampir entkommen ist. Er war sehr verstaubt, und unter den Ketten steckten vertrocknete Blätter.“

Jupiter wusste sofort, von welchen Blättern Kai redete. Er hatte in den Büchern seines Vaters darüber gelesen. Es mussten Heckenrosenblätter gewesen sein. Ihre Wirkung war so ähnlich wie die von Knoblauch. Anscheinend hatten *sie* den Vampir im Sarg gehalten.

ÖFFNET DEN SARG!

Vicky warf einen Blick hinter den dicken Vorhang, der den Lagerraum vom Laden abtrennte. „Glaubt ihr, er schläft jetzt in seinem Sarg?“, fragte sie leise.

Der Vampirsarg sah völlig unverändert aus. Auf dem Ölgemälde war noch immer Eduardo als Blutsauger zu sehen.

„Wir … wir müssen hineinschauen!“, entschied Jupiter.

Nick tippte sich an die Stirn. „Du hast sie wohl nicht alle? Den Sarg öffnen? Niemals! Vielleicht springt der Vampir dann raus und packt uns. Erinnere dich an die Gruft!“

„Uns bleibt nichts anderes übrig“, sagte Jupiter.

Kai streckte aufgeregt den Arm in die Höhe und schnippte mit den Fingern. „Ich weiß etwas!“, rief er. „Es gibt doch den Hinterausgang. Einer bleibt an der Tür stehen. Und wenn der Vampir wirklich im Sarg liegt, reißen wir die

Tür auf. Die Sonne kommt herein, und der Vampir verbrennt."

Diese Vorstellung war nicht gerade angenehm, aber Kais Plan schien ein sicherer Weg zu sein, den Vampir loszuwerden.

Auf Zehenspitzen und mit angehaltenem Atem schlichen die vier zum Sarg. Kai nahm bei der Tür Aufstellung, Vicky, Jup und Nick am Sargdeckel.

„Ich zähle bis drei, dann heben wir den Deckel in die Höhe!", erklärte Jupiter flüsternd. „Bereit?"

Alle nickten.

„Eins … zwei … drei!"

Mit aller Kraft zerrten sie an dem schweren Sargdeckel, der sich aber in diesem Augenblick als federleicht erwies. Er schnellte in die Höhe und krachte zur Seite.

Die drei vom Gruselclub schrien auf und stolperten nach hinten.

Im Sarg lag der Vampir, eingehüllt in seinen langen Mantel.

„Die Tür … mach die Tür auf!", brüllten sie.

Kai rüttelte vergeblich an der Klinke. Mit zitternden Fingern suchte er nach dem Schlüssel, der aber nicht im Schloss steckte.

„Weg, Platz da!", riefen Nick und Jupiter und warfen sich gegen die Tür. „Aua!", stöhnten sie danach und rieben sich die schmerzenden Schultern. Doch die Tür ging trotzdem nicht auf.

„Raus!“, rief Vicky.

Die Jungen gaben aber noch nicht auf. Sie nahmen Anlauf und warfen sich erneut gegen die Tür.

Mit einem knallenden Krachen flog die Tür nach außen auf. Dort, wo sich das Schloss befunden hatte, klaffte jetzt ein Loch im Rahmen.

„Nein!“, stöhnte Jupiter.

Sie standen in einem düsteren Hinterhof. Hoch über ihnen, auf den Mauern der gegenüberliegenden Häuser, sahen sie Spuren des Sonnenlichts. Die Sonne schien gar nicht in den Hof.

„Raus … raus aus dem Laden!“, wiederholte Vicky und riss den Vorhang zur Seite.

Durch die schmutzigen Schaufensterscheiben drang ein wenig Sonnenlicht. Die Strahlen trafen aber meterweit entfernt vom Sarg auf den Boden.

„Wir müssen ihn hinschieben!“, rief Jupiter.

Da erschien eine schwarze Gestalt im Türrahmen, und das Sonnenlicht verschwand.

Der Gruselclub rang nach Luft.

DURST!

„Jetzt ist es aus!“, knurrte die Gestalt.

Jupiter, Vicky und Nick starrten sie mit weit aufgerissenen Augen an und brachten keinen Ton mehr heraus.

Die Gestalt trat aus dem Gegenlicht in den schummrigen Lagerraum.

„Tante“, hauchte Kai schwach.

„Ich habe von euch und eurem Unsinn endgültig die Nase voll!“, bellte Frau Lenske und stieß ihren Stock fest auf den Boden.

„Aber diesmal können wir es beweisen … der Vampir liegt im Sarg!“, rief Jupiter und deutete hinter sich.

Frau Lenske warf den Kopf nach hinten und lachte los. Sie schob die drei Freunde zur Seite, drohte ihrem Neffen mit erhobenem Zeigefinger und ging unerschrocken auf den Sarg zu. Mit dem Stock stieß sie in den schwarzen Umhang und zog ihn in die Höhe.

„Den habe ich schon seit ein paar Jahren hier

herumliegen. Gestern habe ich ihn in den Sarg geworfen. So viel zu eurem Vampir!"

„Volle Pleite", stöhnte Vicky.

„Und wenn ihr nicht endlich von hier verschwindet, hole ich die Polizei!", drohte Frau Lenske.

Die drei gingen langsam durch die Gasse, die immer enger wurde. Über ihren Köpfen färbte die untergehende Sonne die Dächer rot.

„Bald ist es dunkel!" Nick schauderte. Noch nie zuvor hatte er so große Angst vor der Nacht gehabt. „Was … was tun wir jetzt?"

Jupiter seufzte tief. „Wir geben auf. Wir haben gegen Eduardo keine Chance. Wir haben uns diesmal zu weit vorgewagt. Mit Vampiren legt man sich nicht an. Unser Fehler, für den wir jetzt bezahlen müssen."

Vicky und Nick sahen ihn überrascht an.

„Meinst du das ernst?"

„Klar!"

Das Lagerfeuer knisterte und knackte geheimnisvoll, und die Flammen loderten hoch. Vicky, Nick und Jupiter saßen davor und starrten trübsinnig hinein.

„Haltet ihr es wirklich für eine gute Idee, hier draußen zu sitzen?", fragte Nick zum zehnten Mal.

„Was soll schon geschehen?" Vicky deutete auf die dicken Knoblauchketten, die sie umgehängt hatten.

Von der Burg kam jemand auf sie zu.

„Na, ihr drei? Gibt es etwas zu feiern?", fragte Professor Katz überrascht.

Jup, Vicky und Nick blickten ihn stumm an.

Der Professor blieb ein paar Schritte entfernt stehen und stemmte die Hände in die Seite. „Eure Gesichter gefallen mir gar nicht. Und wozu habt ihr Knoblauch umgehängt?"

„Das musst du doch wissen!", meinte Jupiter.

Sein Vater lachte auf. „Ihr denkt, er schützt euch gegen Vampire? Vergesst es! Die neuesten Forschungen haben ergeben, dass Knoblauch Vampire nur noch wilder macht. Es muss irgendwann mal einem Blutsauger gelungen sein, einem Forscher einzureden, dass Knoblauch Vampire abhält. Alles Unsinn! Werft das Zeug weg. Der Geruch muss euch ja die Stimmung verderben."

„Wenn du es sagst", seufzte Jupiter und schleuderte die Knoblauchkette ins Feuer. Nick folgte seinem Beispiel.

Die feuchten Knoblauchzehen explodierten wie Knallerbsen in den Flammen.

„Na los, du auch!", sagte Jup und riss Vicky den Kranz vom Hals. Gleich darauf lag auch er im Feuer.

„Viel besser!", lobte Professor Katz.

„Kommst du nicht zu uns?", lud ihn Jupiter ein.

„Aber gerne komme ich zu euch", antwortete

sein Vater. Seine Stimme wurde bei jedem Wort tiefer und heiserer.

Entsetzt starrten ihn die drei vom Gruselclub an.

Professor Katz begann sich in Rauch aufzulösen. Seine Gestalt verzog und verzerrte sich schaurig.

Nick presste die Hände auf den Mund.

Die Rauchwolke wurde zerrissen, und Eduardo trat heraus.

Es war nicht der Eduardo aus dem Schloss. Es war ein Vampir, der viele Jahre lang in seinem Sarg gefangen gewesen war. Er war ausgetrocknet und durstig wie ein Kamel nach einem wochenlangen Ritt durch die Wüste.

Sein Gesicht war noch eingefallener und bleicher, der Hals war dürr, und durch die dünne Haut der Hände schimmerten die Knochen.

„Ihr stört mich!", krächzte er. „Ihr stört mich!" Mit einem kratzenden Geräusch fuhr seine schwarze Zunge über die grauen Lippen. Die spitzen Eckzähne schoben sich nach vorne. „Durst … ich habe Durst."

Im Lagerfeuer verbrannten gerade die letzten Knoblauchreste.

„Er hat uns reingelegt!", stöhnte Vicky.

Die drei sprangen auf und wichen zurück.

Da rauschte es über ihnen.

Der Vampir stand nicht mehr dort, wo er gerade noch gestanden hatte.

„Hier bin ich!“, kam seine trockene Stimme von hinten. Jup, Nick und Vicky wirbelten herum.

„Wie … wie haben Sie das gemacht?“, stammelte Jupiter.

Wieder rauschte es, und der Vampir tauchte rechts neben ihnen auf. Dann links, dann wieder vorne, dann hinten, dann rechts, dann hinten, und dann wieder vorne.

Die drei Mitglieder des Gruselclubs drehten sich jedes Mal in seine Richtung, und ihnen wurde schwindlig.

„Schon bald könnt ihr das auch!“, versprach der Vampir. „Mit wem fange ich an?“ Er blickte von einem zum anderen.

Vicky und die Jungen standen wie angewurzelt da.

Der Vampir streckte die dürren Arme aus und kam Schritt für Schritt näher. „Durst! Ich habe Durst!“ Sein fauliger Atem wehte durch die Nacht und den dreien ins Gesicht.

„Nicht!“ Mehr brachten sie nicht heraus. „Bitte nicht!“

Eduardo roch wie ein alter Lumpen, der schon fast vermodert war.

Ein grausames, gieriges Grinsen tauchte in seinem Gesicht auf.

DER NACHHILFELEHRER

Es war Nick, der den rettenden Gedanken hatte. Er bückte sich und packte, was er benötigte.

Der Vampir war mit zwei schnellen Schritten neben ihm und zog ihn an der Jacke in die Höhe.

„Du bist der Erste!“, krächzte er und riss den Mund weit auf. Er hob den Kopf, um kräftig zuzubeißen. Aus seinen Augen sprühten Gier und Zorn.

„Aaaaaaaaaaaaaaa!“ Ein Schrei gellte durch die Nacht, der Jupiter und Vicky Gänsehaut über den ganzen Körper jagte.

„Nick … Nick!“, jammerte Vicky.

„Aaaaaaaaaaaaaa!“

Doch es war nicht Nick, der schrie, sondern Eduardo. Nick hatte aus den beiden Stöcken, die er vom Boden genommen hatte, ein Kreuz geformt. Schreiend hatte der Blutsauger sofort von ihm abgelassen. Er hob schützend die Hände vor das Gesicht, während er zurückwich.

„Jetzt!", rief Jupiter.

Hinter einem Gebüsch tauchte Kai auf. Er schob den Vampirsarg hervor und klappte den Deckel auf. Dann nahm er alle Kraft zusammen und stieß dem Vampir den Sarg in die Kniekehlen.

Eduardo verlor das Gleichgewicht und stürzte nach hinten. Er landete rücklings im Sarg und schrie mit heiserer Stimme: „Oh nein … das nützt euch alles nichts. Ich entkomme immer!"

Schon hatte er sich in eine graue Rauchwolke aufgelöst, die schnell in die Höhe stieg.

„Mist … Mist, wir waren zu langsam!", stöhnte Jupiter. Er hatte mit seinen Freunden und Kai Eduardo eine Falle gestellt. Die vier hatten gewusst, dass der Vampir kommen würde. Ihr Plan war es gewesen, ihn in den Sarg zu sperren, den sie vorher schon mit Heckenrosen versehen hatten. Aber dann waren sie auf die Tarnung des Vampirs hereingefallen, und schließlich hatte Kai den Deckel nicht schnell genug zugeklappt.

„Ins Schloss!", rief Jupiter.

Dort waren sie sicher. Vampire konnten Gebäude nur betreten, wenn ein Bewohner sie dazu aufgefordert hatte. Und das würde Jup ganz bestimmt nicht tun!

Die vier schafften es bis zur Tür und stolperten in die Halle. Sie schlossen ab und liefen nach oben, wo sich die Wohnräume befanden.

Keuchend ließen sie sich im Wohnzimmer auf dem Boden nieder.

„Das war knapp!“, stöhnte Vicky.

Kai verbarg das Gesicht in den Händen. „Es ist meine Schuld. Ich habe alles falsch gemacht.“

Von unten hörte man, wie die Haustür geöffnet wurde. Die vier schossen in die Höhe.

„Hallo, Jupiter! Ich bin zurück!“, erklang die Stimme von Professor Katz. „Komm doch mal bitte runter!“

Jupiter ging langsam zur Treppe und spähte über das Geländer. So konnte er bis in die Halle sehen.

Ihm stockte der Atem.

Neben Paps ging ein Mann, der das Gesicht hinter dem aufgestellten großen Kragen seines Mantels verbarg. Wer war das?

„Jup, dein Mathematik-Nachhilfelehrer hat seinen Füller bei dir vergessen!“, rief der Professor. Zu dem Mann sagte er: „Kommen Sie doch bitte weiter, Herr Albrecht.“

Eduardo hatte es geschafft. Er war im Schloss.

„Paps, das ist ein Vampir!“, schrie Jupiter.

Professor Katz verzog das Gesicht. „Nicht schon wieder!“, lachte er und wandte sich an den Gast. „Entschuldigen Sie bitte. Und gehen Sie nur hinauf, mein Sohn ist mit seinen Freunden oben.“

Der Blutsauger stimmte in sein Lachen ein.

„Jaja, die Kinder!" Mit schnellen Schritten kam er die Treppe herauf.

Jupiter rettete sich ins Wohnzimmer und schlug die Tür zu. Doch das hielt Eduardo nicht auf. Er kam durch das Schlüsselloch. Im Licht des Mondes, der durch das Fenster schien, glitzerte eine Staubwolke, die sich zur hageren Gestalt des Vampirs zusammensetzte.

„Ich habe Durst!", sagte er mit teuflischem Grinsen.

DIE VAMPIRLADY

Auf dem Boden robbten die Kinder nach hinten, bis sie gegen die Wand stießen. Hier war Endstation.

Der Vampir rückte näher, aber plötzlich stutzte er.

„Wo ist das Mädchen?“, zischte er.

Hinter dem Tisch klickte es.

Eduardo sprang hin und riss das Tischtuch in die Höhe. Vicky kauerte auf dem Boden und hantierte an der Wand. Sie hielt etwas im Arm, das die Jungs nicht erkennen konnten.

„Durst!“, krächzte der Vampir und griff nach Vicky. Die Kälte seiner Hände bohrte sich wie Nadeln durch ihre Haut.

Er zog an ihrer Jacke, warf ihr Haar nach hinten und legte den Hals frei.

„Nein!“, schrie Nick.

Die spitzen Eckzähne sausten durch die Luft.

Und bissen ins Leere.

Vicky hatte sich zur Seite weggerollt, klappte

nun aber das Kästchen auf, das sie in den Armen hielt. Es war die Tageslichtlampe ihrer Mutter, die sich Professor Katz ausgeborgt hatte. Grelles Licht quoll heraus.

Eduardo hob schützend die Hände vor das Gesicht, doch es war zu spät. Entsetzt traten seine Augen aus dem Kopf, sein Mund öffnete sich zu einem Schrei, der aber nicht mehr zu hören war. Seine Haut welkte in Sekunden wie Laub im Herbst, und seine Kleidung zerfiel zu feinem Pulver.

Eduardo sank lautlos in sich zusammen.

Nur noch ein Häufchen grauer Staub erinnerte an ihn.

Fassungslos starrten die vier darauf.

Vicky war die Erste, die etwas sagte. „Hier stinkt's!"

Sie kämpfte sich in die Höhe, wankte mit weichen Knien zum Fenster und öffnete es.

Wenig später klopfte Professor Katz an die Tür.

Als Jupiter öffnete, fegte ein starker Luftzug durch das Zimmer.

„Nanu, ist Herr Albrecht schon weg?", wollte sein Vater wissen.

Jupiter drehte sich zu dem Aschehäufchen um, doch es war nicht mehr da. Der Luftzug hatte es zum Fenster hinausgeweht.

„Ja", sagte Jupiter, der wusste, dass sein Vater ihm nicht glauben würde. „Er hat den Füller gefunden und ist gleich wieder los."

Eine Woche später, es war bereits Abend, kamen Jupiter, Nick und Vicky durch Zufall am Trödelladen von Frau Lenske vorbei. Sie beschlossen, Kai Hallo zu sagen, und traten ein.

Doch im Laden war niemand.

„Guten Tag!", rief Jupiter.

Keine Antwort.

Die drei Freunde überkam ein ungutes Gefühl. Was war hier los? Es konnte doch nichts mit Eduardo zu tun haben, oder? Vor ein paar Tagen war der Vampirsarg in das Lager zurückgebracht worden. Dort hatte Jupiter etwas Unglaubliches entdeckt: Das Bild von Eduardo Montenero war leer – ein Zeichen, dass der Vampir für immer besiegt war.

Kurz darauf hatte Frau Lenske den Sarg verkauft. Er stand nun als Requisit in einer Geisterbahn.

„Hallo, ist hier niemand?", rief Vicky nervös.

Der Vorhang zum Lagerraum wurde zur Seite geschoben, und Frau Lenske tauchte auf.

Jupiter, Vicky und Nick zuckten erschrocken zusammen und erwarteten ein neues Donnerwetter. Doch Frau Lenske lächelte sie an.

Was war in sie gefahren?

„Wir … wir wollen zu Kai", sagte Jup unsicher.

Frau Lenske lächelte noch breiter. Ihre Lippen öffneten sich, und zwei spitze Eckzähne schoben sich vor.

„Nein! Nicht!“, japsten die drei. Sie rasten ins Freie und rannten davon.

Frau Lenske lachte hohl. Sie griff sich in den Mund und zog das Plastik-Vampirgebiss mit einem Ruck heraus.

Doch das Lachen blieb ihr im Hals stecken, als sich eine eisige Hand auf ihren Arm legte. Erschrocken drehte sie sich um.

Hinter ihr standen die drei vom Gruselclub.

„Wie … wo … wo kommt ihr schon wieder her?“, wollte Frau Lenske wissen.

„Durch die Hintertür! Oder dachten Sie, wir wären Vampire, die durch jede Ritze schlüpfen können?“, lachte Nick.

„Bei euch weiß man nie!“, stöhnte Frau Lenske.

DIE RÜCKKEHR DER TITANIC

TIEF UNTER DEM MEER ...

Mit einem Knall fiel der Deckel der Einstiegsluke zu. Ein scharfes Zischen war zu hören, während er von außen festgeschraubt wurde.

Im Inneren des Tauchbootes war es eng wie in einer Sardinendose. Die Wände waren mit verschiedenen Messinstrumenten, Anzeigen, Schaltern und Knöpfen vollgepflastert. Dazwischen war nur für zwei schmale Sitzbänke Platz.

Auf der vorderen Bank kauerten Professor Katz und der Kapitän des Mini-U-Bootes. Sein Name war Louis Mayer, sein besonderes Kennzeichen ein zerknittertes, immer missmutiges Gesicht.

Die hintere Bank teilten sich Jupiter und Vicky vom Gruselclub. Sie mussten die Knie fast bis zur Brust anziehen und konnten die Arme kaum bewegen.

Der Käpt'n drehte sich um und musterte die beiden mürrisch. Mit einer Kopfbewegung nach hinten fragte er den Professor: „Muss das sein?

Muss dieses junge Gemüse mitkommen? Eine Tauchfahrt in 4000 Meter Tiefe ist nichts für Kinder."

„Wir sind doch keine Babys mehr!", protestierte Vicky beleidigt.

„Mein Sohn, meine Nichte und mein Neffe haben die ausdrückliche Erlaubnis, mich überallhin zu begleiten", sagte Professor Katz ruhig. „Wenn Sie mir nicht glauben, fragen Sie Mister Kellahan, dem das Tauchboot gehört und bei dem Sie angestellt sind."

Käpt'n Mayer zuckte mit den Schultern und drückte dann einige Tasten. „Ihr könnt uns runterlassen", knurrte er in ein Mikrofon.

Das kleine U-Boot wurde von einem Kran vom Deck des Forschungsschiffes Atlanta gehoben und tauchte ins Meer ein. Durch die beiden großen Bullaugen konnten Vicky und Jup beobachten, wie sie unter den Wasserspiegel sanken.

Ein leises Surren wies darauf hin, dass der Elektromotor in Gang gesetzt worden war. Der Tauchgang begann.

Vicky und Jup hatten ein flaues Gefühl in der Magengegend. Ihre Unruhe wuchs noch, als das Blau des Wassers immer dunkler wurde. Meter für Meter kämpfte sich das U-Boot in die Tiefe.

„Aaaaaa!" Jupiter schrie erschrocken auf, wich vom Fenster zurück und presste dabei Vicky gegen die harte Stahlwand.

„Was ist denn los?“, wollte Professor Katz sofort wissen.

Der Käpt'n verzog das Gesicht und zeigte auf einen langen grauen Schatten, der an dem Bullauge vorbeizog. Ein kleines schwarzes Auge musterte das U-Boot wie ein unbekanntes Wesen.

„Ein Hai!“, keuchte Jupiter. „Er kam genau auf uns zu. Er wollte uns rammen!“

„Reg dich ab, Kleiner, sonst bring ich dich gleich wieder rauf!“, drohte der Kapitän.

„Genau, bleib ganz cool!“, riet Vicky ihrem Cousin.

Jupiter schnitt eine Grimasse und starrte wieder durch das Bullauge ins Wasser hinaus.

„Wie lange dauert es, bis wir den Meeresgrund erreichen?“, wollte Vicky wissen.

„Ungefähr zweieinhalb Stunden!“, antwortete der Käpt'n.

Jup schluckte. Zweieinhalb Stunden eingezwängt in dieser Dose! Er schwitzte jetzt schon und hatte das Gefühl, keine Luft zu bekommen. Panik ergriff ihn. Er wollte raus hier, nur raus! Wieso hatte er unbedingt im U-Boot mitfahren wollen? Da es nur zwei freie Plätze gab, hatten die drei vom Gruselclub ausgelost, wer mitkommen durfte. Nick hatte verloren und war stinksauer. Aus Wut hatte er sich in seiner Kabine eingeschlossen und war zu ihrer Abfahrt nicht einmal an Deck gekommen.

Vor den Bullaugen herrschte mittlerweile Finsternis. Sie waren bereits 500 Meter getaucht, und in diese Tiefe konnte das Licht der Sonne nicht mehr vordringen.

Von Minute zu Minute wurde es kälter im U-Boot. Jup und Vicky begannen furchtbar zu frieren.

Der Kapitän kramte eine dicke Wollmütze heraus und zog eine Jacke hervor, auf der er bisher gesessen hatte.

„Habt ihr gar nichts Warmes zum Anziehen mitgenommen?“, fragte er seine Passagiere.

„Nein, das hat uns auch niemand gesagt!“, antwortete Professor Katz.

„Das ist aber gar nicht gut für euch“, meinte Käpt'n Mayer mit gespieltem Bedauern. In Wirklichkeit schien er sich zu freuen.

Um die Batterien zu schonen, waren die Scheinwerfer des Tauchbootes abgeschaltet. Das einzige Licht kam von ein paar roten Lämpchen auf dem Armaturenbrett.

Angestrengt starrten Jup und Vicky in die Dunkelheit hinaus und versuchten, nicht an die Kälte zu denken.

Nach einer unendlichen Stunde zeigte der Tiefenmesser an, dass sie ungefähr 1700 Meter unter dem Meeresspiegel waren.

Völlig unerwartet und plötzlich brach rund um sie herum ein feuriger Spuk aus. Lautlos explodierten Lichtblitze im Wasser.

„Oh, Mist, verdammt!", stöhnte der Kapitän. „Das hat uns gerade noch gefehlt!"

Vor den Fenstern des Tauchbootes erschienen Lebewesen, die durch die gekrümmten Scheiben stark verzerrt erschienen. Manche sahen krebsartig aus, andere wie durchsichtige Fische, einige hatten riesige Fühler und furchterregende Mäuler. Aus dunklen Glubschaugen starrten sie in das U-Boot hinein.

TAUCHFAHRT DES SCHRECKENS

Der U-Boot-Kapitän rang die Hände. „Eine Katastrophe! Bestimmt zerstören die Biester die Schiffsschraube und nagen die Außenhaut an!"

„Was?" Jupiter richtete sich entsetzt auf und schlug dabei mit dem Kopf gegen die harte Metalldecke. „Sie wollen behaupten, diese Tiere können ein Loch in das U-Boot fressen?"

„Ja, wenn wir Pech haben, sind Stahlfresser dabei. Sie sehen wie harmlose Fische aus, besitzen aber Zähne, so hart und scharf wie Diamant. Innerhalb von Minuten können sie alle herausragenden Metallteile zerbeißen."

„Warum drehen wir nicht sofort um? Wir müssen wieder auftauchen!", rief Vicky.

Professor Katz klammerte sich am Armaturenbrett fest und starrte mit schreckgeweiteten Augen auf die grässlichen Fratzen vor den Scheiben.

„Was … was ist das?", rief Vicky. „Irgendetwas ist anders."

Jupiter wusste sofort, was nicht stimmte. „Der Motor ist nicht mehr zu hören."

Käpt'n Mayer schlug auf die Knöpfe und Tasten vor sich ein. „Verdammt! Sie haben tatsächlich die Leitungen durchgebissen. Wir können uns nur noch in eine Richtung bewegen."

„Nach oben?", fragten seine drei Passagiere gleichzeitig.

Stumm schüttelte er den Kopf. „Nur nach unten. Aber ... ich schicke sofort einen Notruf los!" Seine Hände zitterten, als er das Funkgerät bediente. Die drei Kontrolllichter über den Schaltern flammten kurz auf, erloschen dann aber wieder.

„Wieso leuchten die nicht?", wollte Jupiter sofort wissen.

„Das hat ... nichts zu bedeuten!", stammelte der U-Boot-Kapitän. Er setzte einen Kopfhörer auf und hielt sich ein Mikrofon vor den Mund. Immer wieder sagte er: „Neptun ruft Atlanta ... Neptun ruft Atlanta, bitte kommen."

Neptun war der Name des Tauchbootes, der in krakeligen Buchstaben neben der Einstiegsluke stand.

Vicky schluckte immer wieder, doch der Kloß in ihrem Hals verschwand einfach nicht. „Hier ... hier ist ein Unglücksort", flüsterte sie.

„Ja, so etwas soll es geben", murmelte Professor Katz.

Im Jahre 1912 war genau an der Stelle, an der

sie jetzt tauchten, die RMS Titanic mit einem Eisberg zusammengestoßen und gesunken. 1 500 Menschen waren dabei im eisigen Wasser ums Leben gekommen.

Im Schlamm auf dem Meeresgrund lagen noch heute die Trümmer des Schiffswracks. Erst viele Jahre nach dem Untergang waren sie von einem Forscherteam aufgespürt worden.

Von Anfang an gab es das hartnäckige Gerücht, die Titanic würde jedes Jahr zur selben Zeit wieder an der Unglücksstelle auftauchen. Mr. Kellahan, ein Milliardär aus Texas, wollte nun wissen, was an dem Gerücht über die Rückkehr der Titanic dran war. Deshalb hatte er Professor Katz beauftragt, zum Jahrestag der Katastrophe nach dem Luxusdampfer Ausschau zu halten.

An Bord des Forschungsschiffes Atlanta war der Gruselclub mit Jupiters Vater zur Unglücksstelle im Nordatlantik gefahren. Es war der 13. April, sie hatten also noch einen Tag Zeit. Um vorher möglichst viel über das versunkene Schiff zu erfahren, hatte der Professor beschlossen, an Bord eines U-Bootes zum Meeresgrund zu tauchen und die Trümmer der Titanic zu untersuchen.

Immer mehr Lebewesen tauchten aus der Dunkelheit auf. Ihre durchsichtigen Körper glühten grünlich-weiß. Hin und wieder explodierte eines der Tiere in einem grellen Blitz und beleuchtete dabei andere Kreaturen, die kein eigenes Licht abgaben.

Das Gewimmel vor den Scheiben wurde immer dichter. Bald war das U-Boot in einer ekligen Masse aus kleinen und großen Körpern eingehüllt, aus denen Beine, Fühler und lange Kieferzangen ragten. Die Masse wogte und wallte und schien sich wie Schleim an die Außenwand des Tauchbootes zu heften.

„Mann, tun Sie doch etwas!", schrie Jupiter den Käpt'n an. Der murmelte noch immer unverständliches Zeug in das Funkgerät.

Auf dem Tiefenmesser wanderten die Zahlen. Je tiefer das Boot sank, desto beißender wurde die Kälte. Wie mit spitzen Zähnen nagte sie sich in die Knochen von Jup und Vicky. Die beiden schauderten und pressten die Arme an die Brust.

„Die Klimaanlage ist ausgefallen!", meldete der Käpt'n leise.

„Kommt Hilfe von oben? Gibt es noch ein zweites U-Boot an Bord der Atlanta?", wollte Professor Katz wissen. Seine Stimme klang ungewohnt laut.

„Ich ... ich bekomme keinen Funkkontakt!", gestand Käpt'n Mayer.

Sie waren verloren, dachte Vicky. Es war eine Tauchfahrt in die Tiefe, ohne Rückkehr nach oben. Wie damals die Passagiere der Titanic würden auch sie auf dem Meeresgrund ihr Grab finden.

„Nein, ich will raus. Ich will rauf! Ich will … tun Sie doch etwas!" Vicky trommelte mit den Fäusten auf den Rücken des Käpt'ns. Trotz der eisigen Kälte trat ihr der Angstschweiß aus allen Poren.

„Es gibt nichts mehr zu tun! Unser Sauerstoffvorrat reicht noch für vier Stunden!", sagte Käpt'n Mayer mit Grabesstimme.

DAS STEUERRAD

Das U-Boot hatte bisher waagerecht im Wasser gelegen. Nun aber kippte die Nase nach unten. Vicky und Jupiter wurden nach vorne geschleudert und prallten hart gegen die Metallstangen der Sitzbank.

„Was ist denn jetzt los?" Professor Katz hatte sich den Kopf an der vorderen Scheibe angeschlagen und hielt sich mit schmerzverzerrter Miene die Stirn.

„Ein System ist ausgefallen, das das Boot in stabiler Lage hält!", meldete der Käpt'n.

In dem Moment machte Jupiter eine Entdeckung und riss überrascht Mund und Augen auf. „Wahnsinn!", keuchte er.

Er deutete auf das Armaturenbrett. Fast alle Schalter daran standen auf OFF. „Wieso haben Sie den Motor und die Klimaanlage abgeschaltet?", wollte er wissen.

Käpt'n Mayer tat so, als hätte er ihn nicht gehört.

Jupiter ließ sich davon nicht beeindrucken und wiederholte seine Frage.

Ein teuflisches Grinsen zuckte über das sonst so mürrische Gesicht des Mannes. Er lachte trocken und erklärte spöttisch: „Weil ich euch Landratten ein bisschen erschrecken wollte."

Mit ein paar Griffen waren alle Systeme wieder eingeschaltet. Mit leisem Brummen setzte das Tauchboot seine Fahrt ordnungsgemäß fort.

Professor Katz hatte die Zähne zusammengebissen und zischte wütend: „Heißt das, Sie haben uns das alles nur vorgespielt?"

„Genau das heißt es!", antwortete der Käpt'n.

„Sie sind ein Blödmann!", entfuhr es dem Professor.

Käpt'n Mayer grinste schief. „Das bin ich gerne, wenn ich Besserwisser wie Sie ein bisschen zum Schwitzen bringe."

Jupiter und Vicky hatten sich zurückgelehnt und atmeten tief durch. Die Temperatur im Boot wurde wieder erträglich, trotzdem zitterten sie noch immer.

„Alles in Ordnung?", erkundigte sich Jups Vater bei ihnen. „Oder sollen wir abbrechen?"

„Nein, nein, geht schon!", versicherten ihm die beiden. Im Stillen schworen sie, Käpt'n Mayer seinen bösen Streich heimzuzahlen, wenn sie erst wieder oben waren. Doch jetzt wollten sie unbedingt das Wrack der berühmten Titanic sehen.

Dicke Luftblasen stiegen blubbernd vor den Scheiben auf. Die leuchtenden Meerestiere ließen sich davon nicht stören, aber es sah so aus, als würden sie schrumpfen.

Professor Katz wusste, was vor sich ging. „Die Bullaugen bestehen aus mehreren Glasscheiben. Einige davon sind gebogen. Wird Wasser dazwischengepumpt, wirken sie wie ein Vergrößerungsglas. In Wirklichkeit sind die Tiere da draußen ganz klein."

„Sehr schlau, Herr Professor!", lobte der Käpt'n spöttisch.

Genau 152 Minuten, nachdem sie gestartet waren, setzte das kleine U-Boot auf dem schlammigen Meeresgrund auf. Es hatte an der Unterseite Kufen, um auf dem Boden schneller voranzukommen.

Schalter klickten, und Scheinwerfer flammten auf, die an der Außenwand der Neptun befestigt waren. Sie beleuchteten den Meeresgrund, der wie eine grünliche, gewellte Skipiste aussah.

Die Lichtkegel konnten den schwarzen Nebel der Tiefsee jedoch kaum durchdringen. Von der Titanic war noch nichts zu erkennen.

Der Käpt'n hatte den Blick auf einen runden Bildschirm gerichtet, auf dem unermüdlich ein grüner Zeiger kreiste und an bestimmten Stellen grüne Formen aufleuchten ließ.

„Das ist ein Sonargerät", erklärte er, als er

die neugierigen Blicke seiner Passagiere spürte. „Es zeigt mir an, in welcher Richtung sich die Wrackteile befinden."

Er drehte am Steuer und änderte den Kurs des U-Bootes.

Nervös knabberte Vicky an ihren Fingernägeln. Jupiter hatte sich die Faust vor den Mund gepresst und starrte durch das Bullauge nach draußen.

4000 Meter waren sie hinabgetaucht. Ein ungeschützter Mensch würde in dieser Tiefe sofort vom Wasserdruck zerquetscht werden.

Die Metallteile des Tauchbootes knarrten und ächzten. Jupiter musterte misstrauisch die Schweißnähte. Würden sie dem Druck standhalten? Der Schreck von vorhin steckte ihm noch in allen Gliedern. Zugeben würde er das allerdings nie.

Surrend bahnte sich das Tauchboot seinen Weg über den Meeresboden.

Wie aus dem Nichts ragte dann auf einmal etwas vor ihnen auf, das auf den ersten Blick wie ein meterhohes Messer aussah.

„Der Bug der Titanic", flüsterte Professor Katz ehrfürchtig.

Der Käpt'n ließ das U-Boot einige Meter steigen und deutete auf die riesigen Anker, die noch immer an der Außenbordwand hingen. Im Laufe der Jahrzehnte waren sie von einer dicken Schicht aus Rost und Schlamm überzogen worden. Ein bisschen erinnerten sie Jupiter an Steine in einer Tropfsteinhöhle.

Die Neptun glitt über die Reling hinweg, von der in dicken Zapfen Rost herabhing. Die Scheinwerfer drehten sich auf Knopfdruck nach unten und beleuchteten die Decks.

Vicky erkannte einen umgestürzten Mast, Wände, die von den Wassermassen zerfetzt und verbeult worden waren, und riesige offene Luken, die wie hungrige Mäuler wirkten.

„Sehen Sie das Gerät, das dort vorne aus dem Deck ragt?" Der Käpt'n deutete auf ein Ding, das an einen Hydranten mit Rädern erinnerte. „Dort hat sich das Steuerrad der Titanic befunden. Das Holz ist von winzigen Würmern längst zernagt worden, doch die Mechanik besteht noch."

Ein kaltes, unheimliches Gefühl beschlich Jupiter und legte sich wie ein schwerer Mantel aus Eis um seine Schultern. Je länger er zu der Stelle starrte, an der sich die Kommandobrücke des Unglücksschiffes befunden hatte, desto trauriger fühlte er sich.

Aber was war das? Er kniff die Augen zusammen, schüttelte den Kopf wie ein nasser Hund und riss sie wieder auf.

Hatte er wirklich ein Skelett am Steuerrad stehen sehen?

DAS TOTE SCHIFF

Jup warf einen Blick zu Vicky und seinem Vater. Hatten sie das Skelett auch bemerkt? Oder war es nur Einbildung gewesen?

Die anderen wirkten ganz ruhig. Deshalb beschloss Jupiter, lieber nichts zu sagen. Seine Augen hatten ihm bestimmt einen Streich gespielt. Der Spuk war schon wieder verschwunden.

„Achtung, jetzt begeben wir uns an Bord!", kündigte der Käpt'n an. Das U-Boot sank durch eine rechteckige schwarze Öffnung in das Innere der Titanic. Das Licht der Scheinwerfer streifte schiefe Säulen. Sie begrenzten eine Treppe, von der ein Teil abgebrochen und in die Tiefe gestürzt war.

Vicky unterdrückte einen Aufschrei. Stumm deutete sie nach links, wo sich ein langer Saal nach hinten erstreckte.

„Das war der Ballsaal", erklärte der Käpt'n mürrisch.

„Dort ... seht ihr das nicht?“ Vickys Stimme war nur noch ein heiseres Flüstern.

Am Ende des Saales, hinter verwitterten Tischen und Säulen, standen drei Gestalten, die miteinander zu reden schienen.

Professor Katz schob unruhig seine Brille auf und nieder. „Können Sie dort näher heranfahren?“, bat er den Käpt'n. Der nickte stumm und wendete das Tauchboot.

Etwas Scharfes kratzte über die Außenwand. Erschrocken drehten sich alle in die Richtung, aus der das Geräusch gekommen war.

Jupiter und Vicky stießen einen Schrei aus. Auf das Bullauge war ein seltsames Wesen gefallen, das aus lauter hellen Blasen zu bestehen schien. Klimpernd klopfte es gegen die Scheibe und stieß eine trübe Wolke aus, die die Sicht vernebelte.

„Ich ... ich glaube, ich weiß, was das ist!“, keuchte Jupiter.

„Was?“, fragte Vicky aufgeregt.

„Ein alter Kristalllüster. Das U-Boot scheint an ihm hängengeblieben zu sein.“

Sein Vater gab ihm recht.

Vicky schaute wieder zum anderen Fenster hinaus. Die drei Gestalten ganz hinten im Saal standen immer noch da. Sie schienen ganz entspannt miteinander zu plaudern und das U-Boot nicht zu bemerken, das leise surrend auf sie zuglitt.

„Sie bewegen sich! Sie fuchteln mit den Armen!“, stieß Vicky hervor.

„Nein, du irrst dich“, brummte Professor Katz.

Das Wasser im Saal war schlammig und trübe. Nur manchmal zerrissen die Schleier, und die Sicht wurde klarer.

„Doch! Eine von beiden winkt uns zu!“, rief Jup.

Sein Vater wollte es immer noch nicht glauben. Doch sogar Käpt'n Mayer war sehr still geworden und fuhr sich mit der Hand immer wieder nervös über das Gesicht.

Der Abstand zu den drei Figuren schien nicht kleiner zu werden. Sie wichen immer weiter nach hinten.

„Ob das ... die Geister von Ertrunkenen sind?“, hauchte Vicky.

Jup wandte sich an den Käpt'n. „Können Sie nicht wieder das Sonargerät einschalten? Es zeigt nur feste Gegenstände an.“

Professor Katz lobte seinen Sohn für die Idee. Der Käpt'n drehte an einigen Knöpfen und drückte eine Taste. Sofort begann sich der grüne Leuchtzeiger auf der runden Anzeige wieder zu drehen.

Mit großer Spannung starrten die vier im U-Boot auf den dunklen Kreis.

Piep! Piep! Piep! Der Zeiger ließ drei Punkte aufleuchten.

„Es handelt sich also um Wesen mit Körpern", murmelte Professor Katz.

„Können es nicht trotzdem Geister sein?", fragte Vicky.

Käpt'n Mayer lachte auf und stoppte die Fahrt. „Ihr könnt euch beruhigen", sagte er und lenkte den Strahl eines Scheinwerfers auf die drei Gestalten, die jetzt unmittelbar vor ihnen standen.

Es waren Statuen, die Frauen in alten, griechischen Gewändern darstellten. An ihren Armen hingen weiche Wasserpflanzen, die von der Meeresströmung bewegt wurden. Daher hatte es ausgesehen, als würden sie dem Boot zuwinken.

Erleichtert atmeten die Insassen auf. Der Käpt'n machte eine Wende, um den Saal wieder zu verlassen. Hier drinnen war die Gefahr groß, dass ein Teil der Decke herabstürzen und das Boot beschädigen konnte.

Jup stieß Vicky mit dem Ellbogen in die Seite. „Sieh dir das an!"

Doch Vicky schien ihn gar nicht zu hören. Mit offenem Mund starrte sie durch das Bullauge. Auch Professor Katz kniff ständig die Augen zusammen, und selbst der Käpt'n runzelte die Stirn.

„Das … das gibt es nicht!", stotterte Vicky. Sie spürte, wie ihr eiskalte Schauer über den Rücken krochen. Ein beklemmendes Gefühl griff wie eine eisige Hand nach ihr.

Zwischen den Säulen des Saals war auf einmal Leben erwacht. Eine feine Abendgesellschaft traf sich zum Tanz. Doch die schattigen Gestalten hatten weder Köpfe noch Hände.

ALBTRAUM IN DER TIEFE

„Die … die tanzen hier … wie damals … vor dem Untergang … aber ohne Kopf!“, japste Vicky. Sie klammerte sich so fest an den Sitz, dass ihre Fingerknöchel schneeweiß vortraten.

„Tanzen? Wie soll hier jemand tanzen?“, fragte Jupiter. „Aber siehst du nicht die Seeschlange mit den langen Zähnen? Ich dachte … solche Monster gibt es nur in Horror-Romanen.“

Käpt'n Mayer starrte finster in das trübe Wasser hinaus und schnaubte: „Die Matrosen … sie mussten ertrinken, weil nicht genug Rettungsboote an Bord waren. Sie kommen … sie kommen … Geht weg!“ Er machte eine Handbewegung in Richtung Fenster, als wollte er jemand wegscheuchen.

Professor Katz rieb sich die Augen und rang nach Luft. „Wo… wovon redet ihr? Ich … ich kann das alles nicht sehen“, sagte er fassungslos.

Vicky begann gegen die Glasscheiben zu

schlagen. „Fort … verschwindet. Lasst mich … Ich gehe nicht mit euch mit. Ich will nicht tanzen!“

Jupiter stampfte mit dem Fuß auf. „Die Schlange … sie frisst sich durch das Metall.“

Auch der Kapitän schien gegen unsichtbare Ungeheuer zu kämpfen.

Professor Katz blickte ratlos von einem zum anderen. Was sollte er nur machen? Die drei schienen Halluzinationen zu haben. Sie sahen Dinge, die gar nicht vorhanden waren.

Doch auch er spürte, wie sich rund um ihn alles zu drehen begann. Er kam sich vor wie in einer Wäscheschleuder.

„Sie lassen uns nie wieder fort. Sie wollen uns für immer hierbehalten!“, jammerte Vicky.

„Käpt'n Mayer … raus da … fahren Sie doch!“ Das Sprechen fiel Professor Katz schwer.

Jupiter atmete immer schneller. Vor seinen Augen begann die Seeschlange zu schrumpfen, bis sie nur noch eine verbogene Metallstange mit einem rostigen Ende war.

„Alarm … hier drinnen stimmt etwas nicht“, lallte er. „Achtung …!“

Wieder schweifte sein Blick zum Armaturenbrett. Der Käpt'n hatte nach seinem gemeinen Scherz alles wieder angeschaltet, nur ein Schalter stand noch immer auf OFF. Darunter war die Aufschrift „Oxygen“. Die Sauerstoffzufuhr war unterbrochen!

Jup schaffte es, sich zwischen seinem Vater und dem Käpt'n nach vorne zu beugen. Doch er kam nicht an das Armaturenbrett heran. Hilflos angelte er mit den Fingern nach dem Schalter, der so dringend gedrückt werden musste.

Vicky war zur Seite gesunken und hatte die Augen geschlossen. Auch Käpt'n Mayer hatte bereits das Bewusstsein verloren.

„Ich muss es schaffen!", stöhnte Jupiter und kämpfte sich weiter vor. Er spürte, wie die Ohnmacht auch nach ihm griff. Ein schwarzer Vorhang senkte sich vor seinen Augen; er hätte zu gerne nachgegeben und wäre einfach eingeschlafen.

Aber das wäre das Ende.

Er hatte es fast geschafft. Seine Fingerspitzen waren nur noch wenige Zentimeter von dem rettenden Schalter entfernt.

Rummms! Das Tauchboot stieß mit Wucht gegen ein Hindernis. Die Erschütterung schleuderte Jup wieder nach hinten und ließ den Oberkörper des Käpt'ns auf das Armaturenbrett kippen. Mit seinem ganzen Gewicht lag er jetzt genau auf dem Sauerstoff-Schalter.

Es war aus. Jetzt war alles vorbei.

Jupiter versuchte, wieder hochzukommen, doch sein Sicherheitsgurt war eingerastet und erlaubte keine Bewegung. Hilflos ruderte Jup mit den Armen und gab seinem Vater dabei einen Klaps auf den Hinterkopf.

„Was … was ist nur los?“, stöhnte der Professor.

„Paps … der Schalter für die Sauerstoffzufuhr … unter dem Käpt'n … du musst ihn einschalten!“, keuchte Jupiter schwach.

Professor Katz ließ seinen Arm unter die Brust des Käpt'ns gleiten und betätigte den ersten Schalter, den er ertastete.

Die Scheinwerfer erloschen.

Zweiter Versuch. Diesmal blieb der Motor stehen. Das Tauchboot begann, sofort zu sinken. Die Kufen berührten das Holzdeck, in das im Laufe der Jahre Tausende Schiffsbohrwürmer ihre Gänge gegraben hatten. Das Holz zerbröselte zu feinem Staub, und das U-Boot sackte wie ein Stein in die Tiefe.

IN DER FALLE

Der Körper des bewusstlosen Kapitäns sauste in die Höhe. Professor Katz sah den Sauerstoff-Schalter und schlug mit der Hand danach.

Ein hohes Zischen verriet, dass er diesmal den richtigen erwischt hatte.

Hart schlug das Tauchboot auf einem Zwischendeck aus Metall auf und blieb dort stehen.

Käpt'n Mayer kam langsam zu sich und brauchte Minuten, bis er wieder klar denken konnte. Er hatte vorhin vergessen, die Sauerstoff-Zufuhr wieder zu starten, als er seinen Passagieren den Unfall vorgetäuscht hatte.

Der Sauerstoff-Mangel war schuld an den Halluzinationen gewesen. Die Insassen des U-Boots hatten sich Dinge eingebildet, vor denen sie sich besonders fürchteten.

Die Selbstgefälligkeit des Käpt'ns war verschwunden. Er wirkte nun ziemlich kleinlaut.

Als die Scheinwerfer wieder angingen, sahen Vicky und Jup, wo sie gelandet waren. Das

Tauchboot stand in einem niedrigen, aber ziemlich weitläufigen Laderaum. Motoren, Blechteile und ein alter Reifen waren der Beweis, dass hier einmal Autos transportiert worden waren.

Der Käpt'n ließ den Motor wieder an und sagte: „Gut festhalten, es geht jetzt steil nach oben!" Gleich darauf stellte sich die Nase des U-Boots fast senkrecht in die Höhe. Der Professor, Jup und Vicky wurden in ihre Sitze gepresst.

Langsam bahnte sich die Neptun den Weg nach oben. Die durchlöcherten Decks ließen das Innere der Titanic wie eine zerklüftete Höhle erscheinen.

Durch den Absturz des U-Bootes war viel Schlick, Rost und Schlamm aufgewühlt worden. Das Licht der Scheinwerfer konnte das trübe Meerwasser nur wenige Meter durchdringen. Käpt'n Mayer hatte sich ganz nach vorne an die Scheibe des Bullauges gebeugt und starrte mit zusammengekniffenen Augen nach draußen.

„Finden Sie den Weg aus dem Wrack?", fragte Professor Katz besorgt.

„Natürlich", knurrte der Käpt'n.

Rummms! Gleich darauf knallte das Tauchboot gegen eine zerfetzte Metallwand, die sich ihm in den Weg geschoben hatte.

Die Schweißnähte der Außenwände ächzten und knarrten. Jupiter tastete sie mit zitternden Fingern ab. Drang schon Wasser ein?

„Verfluchter Mist!“, schimpfte der Käpt'n und versuchte, das U-Boot wieder auf den richtigen Kurs zu bringen.

Über ihnen war jetzt eine durchgehende Decke. Öffnungen waren weit und breit nicht zu entdecken. Es sah aus, als wäre das Deck wieder zugewachsen.

Der Käpt'n brachte das Tauchboot in waagerechte Lage und drehte es langsam.

Vor ihnen stand eine Badewanne, die fast zur Gänze von Rost zerfressen war. Daneben erkannten sie das eiserne Gitter einer Bettstütze.

„Wir sind in einer Kabine“, hauchte Jupiter.

„Und wie kommen wir hier wieder raus?“, wollte Vicky wissen.

„Haltet die Klappe!“, fauchte der Käpt'n, der langsam die Nerven verlor.

Vicky zupfte Jup am Pulli und deutete auf den Boden.

„Paps, sieh nur!“, rief Jupiter.

Im Schlamm standen zwei Damenschuhe mit hohen, dünnen Absätzen. Es waren Sandaletten, die wohl zu einem Abendkleid getragen wurden. Die Schuhe sahen aus, als würde jemand im nächsten Augenblick hineinschlüpfen und nach oben in den Ballsaal zum Tanzen gehen.

Ein dröhnender Alarmton begann, der durch Mark und Bein ging. Erschrocken wollten der Gruselclub und der Professor wissen, was er zu bedeuten hatte.

„Wir müssen nach oben, schnellstens! Wasser ist in die Batterien gedrungen", sagte der Käpt'n mit zusammengebissenen Zähnen.

Aber wo ging es aus der Kabine nur hinaus?

„Da!" Vicky deutete nach rechts, wo ein riesiges Loch in der Wand klaffte. Es war groß genug für das U-Boot.

Das Tuten wurde immer lauter und schneller.

„Haben wir das Wrack verlassen, oder befinden wir uns noch immer im Inneren der Titanic?", wollte der Professor wissen.

„Das Wasser ist zu trüb. Ich kann es nicht erkennen", gestand Käpt'n Mayer. Auch das Sonargerät war diesmal nicht hilfreich.

Mittlerweile war der Alarmton so laut, dass sich Jupiter und Vicky die Ohren zuhielten.

Peng! Das U-Boot war auf der linken Seite angestoßen. Es gab ein hohes Geräusch, als ob jemand mit einem Nagel über eine Glasplatte kratzen würde. Der Motor heulte auf, doch das Boot regte sich nicht. Es steckte fest.

„Verdammt! Verdammt! Verdammt!", fluchte der Kapitän.

Mehrere Warnlichter flammten auf dem Armaturenbrett auf.

Das Tauchboot aber bewegte sich nicht.

DIE RÜCKKEHR DER TITANIC

An Deck des Forschungsschiffes Atlanta stand Nick und blickte missmutig auf das Meer hinaus. Niemals würde er den anderen beiden verzeihen, dass sie ohne ihn zum Wrack der Titanic getaucht waren. Er hätte es für viel besser und gerechter gehalten, wenn sie alle drei an Bord der Atlanta geblieben wären.

Einer der Matrosen trat zu ihm und stützte sich auf die Reling. Sein Gesicht war breit, die Nase eine Knolle und die Stirn ganz schmal und flach.

„Sie wird wiederkommen“, sagte er leise.

Nick horchte auf. „Die Titanic? Sie meinen, die Titanic wird wirklich hier vorbeifahren?“

Der Matrose nickte. „Kannst mich ruhig Jeff nennen und du zu mir sagen“, bot er Nick an.

„Jeff, hast du die Titanic schon einmal gesehen?“, wollte Nick wissen.

„Habe ich!“ Mit glänzenden Augen blickte Jeff in die Ferne. „Es war vor drei Jahren. Wir haben damals das Geschirr vom Meeresgrund geholt, das dort unten im Schlamm vergraben lag. ich konnte nicht schlafen, und deshalb habe ich sie gesehen."

„Aber ... aber das ist doch nicht möglich!", stammelte Nick.

Jeff starrte ihn an, eine dicke Falte auf der Stirn. „Ich schwöre, dass es wahr ist. Zuerst war sie nur ein heller Punkt, der rasch näher kam. Dann konnte ich die Hunderten erleuchteten Fenster erkennen."

„Hast du auch etwas gehört?", wollte Nick wissen.

Jeff schüttelte den Kopf. „Die Titanic war lautlos."

„Ein Geisterschiff also", flüsterte Nick ehrfürchtig. „Aber was geschah dann?"

„Ich weiß es nicht", gestand Jeff. „Ich muss eingeschlafen sein. Am nächsten Morgen bin ich hier an Deck aufgewacht. Ich konnte mich kaum bewegen, weil meine Arme und Beine steif vor Kälte waren. Die Titanic aber war verschwunden."

„Und du spinnst auch kein Seemannsgarn?", fragte Nick misstrauisch.

„Nein!", sagte Jeff energisch. „Andere Matrosen haben sie bei weiteren Forschungsfahrten ebenfalls gesichtet."

Nick schauderte. Der Gedanke, das riesige Unglücksschiff tatsächlich zu sehen, war gruselig und gleichzeitig sehr aufregend.

Türen flogen auf, und andere Mitarbeiter des Forschungsschiffes stürzten an Deck. Sie beugten sich über die Reling und suchten das Wasser ab.

„Was ist denn los?“, wollte Nick wissen.

„Das Tauchboot kommt zurück. Es war im Wrack der Titanic hängen geblieben. Die Sauerstoffvorräte und die Batterien sind fast leer!“

Ein mächtiger Schwall Luftblasen kam von unten an die Oberfläche. Das Meer schien an dieser Stelle zu kochen. Schließlich tauchte aus dem blubbernden Wasser das schneeweiß gestrichene U-Boot auf.

Zwei Matrosen packten die Transportketten des Krans und turnten daran über Bord zum Tauchboot, wo sie die Ketten an Haken befestigten.

Der Deckel auf der Luke wurde aufgeschraubt und sprang sofort in die Höhe. Mit hochroten Gesichtern tauchten Jup und Vicky auf. Die Haare klebten nass an ihrem Kopf.

Obwohl die Sonne warm schien, war die Luft kalt. Die beiden froren sofort und bekamen Decken von oben zugeworfen. Die Matrosen halfen ihnen, über das schwankende U-Boot zu einer Leiter zu balancieren, auf der sie an Bord der Atlanta klettern konnten.

Nachdem auch der Professor und der Käpt'n ausgestiegen waren, begann ein wildes Rufen an Deck. Das Tauchboot sollte aus dem Wasser geholt werden. Eine schwierige Aufgabe, bei der der kleinste Fehler schweren Schaden anrichten konnte.

Nick hatte seinen Groll vergessen und stürmte zu Jup und Vicky.

„Und, wie war es?", wollte er wissen.

„Sei froh, dass du nicht mit warst. Du hättest dir in die Hosen gemacht!", keuchte seine große Schwester.

„Hätte ich nicht!", zischte Nick wütend. „Bin ja kein Baby."

„Wir dachten schon, wir kommen nie wieder aus dem Wrack heraus", berichtete Jupiter schnaufend.

Mit schrillem Quietschen setzten sich die Winden in Betrieb und hoben das U-Boot. Unter ohrenbetäubendem Krach wurde es in die Höhe befördert und dann auf dem Hinterdeck abgestellt.

Jupiters Augen wurden groß, und sein Blick blieb an einem Bolzen an der Außenwand haften. Dort hing einer der Damenschuhe aus der Kabine, durch die das U-Boot gefahren war.

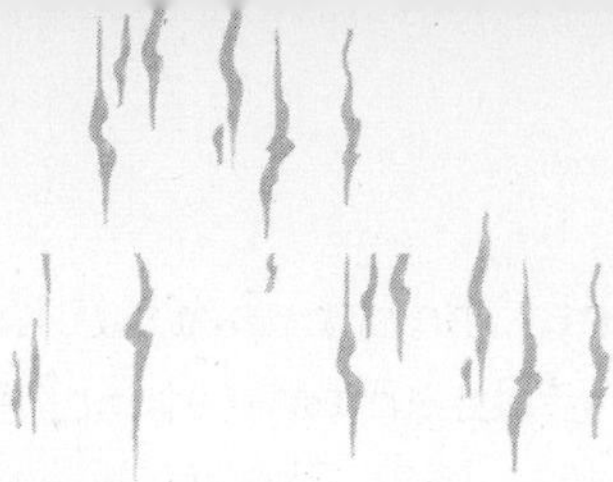

WAS VERHEIMLICHT DER PROFESSOR?

Jupiter wickelte die graue, kratzige Decke fester um seine Schultern und wankte auf das U-Boot zu. Er bückte sich und löste die Sandalette von dem Bolzen, an dem sie sich festgehakt hatte.

Der über hundert Jahre alte Schuh war mit Salzwasser vollgesogen, kalt und schwer.

Niemand hatte bemerkt, dass Jup ihn sich genommen hatte. Er versteckte ihn unter der grauen Decke und kehrte zu seinen Freunden zurück.

„Ihr beide solltet besser eine heiße Dusche nehmen", rief Professor Katz seinem Sohn und seiner Nichte zu.

„Machen wir!", versprachen die beiden und stiegen die enge Treppe nach unten zu den Kabinen. Jupiter und Nick mussten sich eine teilen, Vicky hatte ihre Kabine für sich allein.

„Was hast du da?", wollte Nick wissen, als Jup ein tropfendes Ding unter seinem Umhang hervorholte.

Jupiter stellte den Schuh auf den Boden und starrte ihn an, als könnte er jederzeit lebendig werden.

„Stell dir bloß vor, den hat eine Frau getragen, die mit der Titanic untergegangen ist“, sagte er mit gesenkter Stimme.

Nick kniete sich daneben und ließ die Finger über die geflochtenen und mit Draht verstärkten Lederriemen gleiten. Sie fühlten sich glitschig und kalt an.

Eine sandige Pfütze bildete sich auf dem Boden rund um den Schuh.

„Wie hat er all die Jahre auf dem Meeresgrund überstanden? Warum ist er nicht verrottet?“, wunderte sich Jupiter.

„Eben gute Qualität“, meinte Nick grinsend.

Jup fröstelte. Daran waren aber nicht seine nassgeschwitzten Kleider schuld, sondern der Anblick des Stöckelschuhs. „Schaff ihn weg!“, bat er Nick und verschwand im winzigen Badezimmer zwischen den beiden Kabinen, wo gerade genug Platz für eine Dusche und eine Toilette war.

Nick überlegte, was er mit dem Schuh machen sollte. Ob er wertvoll war?

Als Jup aus dem Bad kam und sich die Haare trocken rubbelte, war die Sandalette verschwunden.

Seinen Vater fand Jup im Aufenthaltsraum der Mannschaft auf dem Oberdeck. Der

Professor saß an einem Tisch und hatte mehrere Bücher, Hefter und Fotokopien von Zeitungsausschnitten vor sich aufgetürmt. Nachdenklich sah er einige Blätter Papier durch. Er war so vertieft, dass er seinen Sohn gar nicht kommen hörte.

Gerade nahm er ein Buch zur Hand und blätterte zu einer bestimmten Seite. Danach suchte er zwei Papiere aus einem Stapel heraus und verglich sie mit einer Textstelle im Buch, die er mit einem Marker kennzeichnete.

„Paps?“, meldete sich Jupiter vorsichtig.

Der Vater zuckte erschrocken zusammen, klappte das Buch mit den beiden Papieren darin zu und schob hastig einige Hefter und Zettel darüber.

„Was hast du?“, fragte Jup überrascht.

„Nichts, nichts“, sagte sein Vater schnell und schenkte ihm ein freundliches Lächeln.

„Hast du etwas rausgefunden? Einen Hinweis, ob die Titanic wirklich ein Geisterschiff geworden ist?“, bohrte Jupiter weiter.

„Nein!“, antwortete Professor Katz knapp.

Jup glaubte ihm nicht. Sein Vater wollte etwas vor ihm verheimlichen. Aber warum?

„Du brauchst mich gar nicht so fragend anzustarren, von mir erfährst du nichts!“, sagte Professor Katz. „Ich möchte nämlich wirklich nicht, dass ihr euch in meine Arbeit einmischt. Ich bereue schon, euch überhaupt mitgenommen zu haben. Es war verantwortungslos, euch in diesem U-Boot in Lebensgefahr gebracht zu haben."

Jupiter seufzte tief. Der Gruselclub war schon einige Male unerklärlichen Phänomenen auf die Spur gekommen, die Professor Katz nicht ernst genommen hatte.

„Bitte, lass mich weiterarbeiten", sagte sein Vater ungeduldig. „Wir sehen uns dann beim Abendessen." Er stand auf und scheuchte seinen Sohn aus der Kabine.

Draußen dämmerte es bereits. In spätestens einer halben Stunde würde es stockfinster sein. Zwei Matrosen überprüften das U-Boot, an dem einiges kaputtgegangen war.

Über dem Meer lag eine dünne Nebeldecke. Ein leichter Windstoß hob sie auf und ab, als wäre sie aus dünner Seide.

Jups Haare waren noch immer nass, deshalb beschloss er, lieber wieder nach drinnen zu gehen. Als er an der Tür vorbeikam, die in den Mannschaftsraum führte, hörte er einen Matrosen sagen: „... Mister Kellahan hat uns gerade angefunkt. Er will mit Ihnen sprechen. Kommen Sie bitte sofort mit."

Ein Stuhl wurde gerückt, und der Professor folgte dem Matrosen.

Schnell ging Jupiter in einer Nische neben einem Heizkörper in Deckung. Die Heizung schien förmlich zu glühen, und er spürte die

Hitze durch seine Hose und seinen Pulli strahlen.

„Macht schneller, sonst bin ich bald gegrillt!“, flehte er im Stillen.

Sein Vater und der Matrose blieben aber ausgerechnet vor der Heizung stehen. „Können Sie den Aufenthaltsraum absperren?“, fragte der Professor.

„Nein, nur das nicht!“, dachte Jupiter.

„Leider nicht möglich. Der Schlüssel ist abgebrochen und stecken geblieben“, sagte der Matrose achselzuckend. „Aber hier wird nichts gestohlen.“

„Ich würde trotzdem gerne meine Unterlagen wegräumen“, sagte Jups Vater.

„Professor Katz, Mister Kellahan wartet nicht gerne!“, mahnte der andere.

„Na gut!“ Mit einem Seufzer ging der Professor Richtung Steuerhaus.

Jupiter stürzte aus dem Versteck und auf das Deck hinaus. Er presste seinen rechten Arm und das Bein an die kalte Außenwand, um sich wieder ein bisschen abzukühlen. Danach schlich er in den Aufenthaltsraum und zum Arbeitstisch seines Vaters. Er wusste, dass er etwas Verbotenes tat. Aber darum konnte er sich jetzt nicht kümmern.

Vorsichtig wühlte er in den Papieren und Büchern.

Der Seher

Schnell fand Jupiter das Buch, das sein Vater vorhin eilig zugeklappt hatte. Seine Neugier war größer als die Angst vor einer Strafe. Er packte das Buch und stopfte es mitsamt den beiden darin liegenden Papieren unter seinen Pulli.

Bevor er den Raum verließ, steckte er den Kopf in den Gang und sah sich um.

Niemand war in der Nähe, die Luft war rein. Jup huschte hinaus und die Treppe hinunter zu den Kabinen.

Von oben kamen Stimmen. „He, wie soll ich den Tisch decken, wenn der Prof sein Zeug hier liegen hat?“, fragte jemand.

„Schieb alles zusammen und leg es in die Truhe“, riet ihm ein anderer. „Ich habe Kohldampf und will endlich essen. An den Quatsch von der Geister-Titanic glauben ohnehin nur Spinner.“

Jupiter konnte aufatmen. Er hatte Zeit gewonnen. Seinem Vater würde das Verschwinden der

Unterlagen frühestens nach dem Essen auffallen.

„Was ist denn das?“, fragte Nick neugierig, als Jupiter in der Kabine die Sachen unter dem Pulli hervorholte.

„Sag Vicky, sie soll kommen. Wir müssen dringend etwas besprechen“, sagte Jupiter aufgeregt.

Ein paar Minuten später hockten sie alle drei auf dem unteren der Stockbetten. Das Buch war von einem Überlebenden der Schiffskatastrophe geschrieben worden. Der Professor hatte zwei Seiten mit grünem Marker angestrichen.

Bereits als wir an Bord gingen, war mir der Mann aufgefallen. Sein Haar war glatt und glänzend und wirkte wie ein Helm. Seine Augen hatten etwas Dämonisches“, las Jupiter leise vor. „Ich habe diesen Mann niemals mit jemandem sprechen gesehen. Er tauchte auch kein einziges Mal im Speisesaal auf. Als die Titanic sank und ich das Glück hatte, in ein Rettungsboot steigen zu können, sah ich ihn wieder. Er klammerte sich an die Reling und schrie: ‚Ich verfluche das Schiff. Niemals soll es Ruhe finden!‘ Seine Worte klingen mir noch heute im Ohr!

Jupiter klappte das Buch zu und sah seine Freunde fragend an. „Was haltet ihr davon?“

„Zeig die Zettel!“, forderte ihn Vicky auf.

Auf einem war das Foto eines Mannes, zu dem die Beschreibung genau passte. Darunter stand in altmodischer Schrift:

Nero Nemellis, Seher

„Was ist ein Seher?", wollte Nick wissen.

„Jemand, der in die Zukunft blicken kann", erklärte ihm die große Schwester. Die gerümpfte Nase zeigte, für wie blöd sie die Frage ihres kleinen Bruders hielt.

Auf dem anderen Blatt war die Fotokopie eines Zeitungsartikels. Darin wurde behauptet, Nero Nemellis habe den Untergang der Titanic vorhergesehen. Ein reicher Gönner hatte ihm aber die Reise in einer Kabine erster Klasse geschenkt. Ein großzügiges Geschenk, denn der Wert der Fahrkarte war vergleichbar mit einem teuren Luxusauto von heute. Nemellis wollte darauf nicht verzichten und war deshalb an Bord gegangen. Seine Gier war ihm zum Verhängnis geworden.

„Könnte es sein, dass die Titanic wirklich weiterfahren muss – als Geisterschiff, weil der Fluch dieses Sehers auf ihr lastet?", überlegte Vicky laut.

„Möglich ist alles!", meinte Jupiter. Er verstand jetzt, wieso sein Vater die Unterlagen versteckt hatte.

Vor dem Abendessen hatte Jup noch die

Gelegenheit, das Buch und die Zettel zu den anderen Sachen zurückzulegen.

Die Spannung im Gruselclub stieg. Es blieben noch 28 Stunden bis zum Jahrestag des Untergangs der Titanic. Würde sie wirklich auftauchen? War tatsächlich etwas Wahres an den Gerüchten? War das riesige Schiff dazu verdammt, das Unglück jedes Jahr von Neuem zu erleiden?

In der Nacht wurde Jupiter von einem Geräusch geweckt. Es war ein Poltern, als wäre etwas Schweres zu Boden gefallen.

Er warf einen Blick auf seine Uhr. Die Zeiger und die Ziffern leuchteten in der Dunkelheit.

Zwei Uhr in der Früh.

Abermals polterte es. Wenn ihn nicht alles täuschte, kamen die Geräusche aus Vickys Kabine. Was war dort los?

Jup erinnerte sich zum Glück, dass er im oberen Teil des Stockbettes schlief. Er schwang die Beine über die Kante und ließ sich vorsichtig nach unten gleiten.

Nick schnarchte leise und bemerkte ihn nicht.

Draußen auf dem Gang brannte nur ein schummriges Nachtlicht, das die Wände fahl und grün schimmern ließ.

Auf Zehenspitzen schlich Jupiter zur nächsten Tür und presste sein Ohr dagegen.

In Vickys Kabine war es völlig still.

Er hielt den Atem an, damit ihm auch bestimmt kein Laut entging.

Völlig überraschend wurde die Tür aufgerissen, und er stürzte in die Dunkelheit. Über ihm schrie Vicky erschrocken. „Was tun Sie da? Was haben Sie bei meiner Tür zu suchen?“

„Reg dich ab, ich bin es!“, rief er.

„Du? Was soll das? Wieso geisterst du mitten in der Nacht herum?“ Vicky hatte empört die Hände in die Seiten gestemmt.

„Woher wusstest du eigentlich, dass jemand vor der Tür steht?“, fragte Jup.

„Wusste ich nicht. Aber ich habe ein Geräusch bei euch gehört und wollte nachsehen, was ihr macht!“, erklärte Vicky.

„Gar nichts. Ich habe das Geräusch bei dir gehört!“, antwortete Jupiter.

Ratlos sahen die beiden einander an.

„War wahrscheinlich nur falscher Alarm. Zurück in die Falle!“, brummte Jup und drehte sich um. Als er über die kleine Leiter wieder nach oben in sein Bett klettern wollte, packte ihn von unten jemand und zerrte an seinem Bein.

Jups Herz machte vor Schreck einen doppelten Schlag.

„Was … was ist denn los?“, hörte er Nicks verschlafene Stimme und atmete erleichtert auf.

„Gar nichts. Vicky und ich hören Gespenster!“, antwortete Jup gähnend. Aber als er sich die Decke bis zum Kinn hochzog, stutzte er. Durch die schmale Ritze zum Badezimmer drang ein Lichtschimmer in die Kabine.

DIE STUMME FRAU

Noch einmal kletterte Jupiter aus dem Bett.

„Hast du heute Nacht Wandertag, oder was?", schnaubte Nick ärgerlich. Er war immer sehr missmutig, wenn er geweckt wurde.

Jup gab keine Antwort. Er schlich zur schmalen Badezimmertür und riss sie auf. Dahinter war es stockfinster. Mit der Hand tastete er die Wand nach dem Lichtschalter ab.

Eine Lampe in der Decke flammte auf.

Jup sprang zurück. Vielleicht hatte sich jemand in der Waschkoje versteckt.

Doch nichts rührte sich. Jupiter streckte den Kopf in den schmalen Raum und seufzte. Niemand da! Aber gerade hatte doch Licht gebrannt! Jup war ganz sicher. Allerdings war es nicht das rötliche Deckenlicht gewesen, das durch die Türritze gedrungen war. Es war irgendwie anders und bleicher gewesen.

Das winzige Bad lag genau zwischen Vickys Kabine und der Kabine der Jungen. Kein

Wunder, dass das seltsame Poltern von beiden Seiten zu hören gewesen war.

Kopfschüttelnd drehte Jupiter das Licht wieder ab und kehrte in sein Bett zurück.

„Ist jetzt endlich Ruhe?“, fragte Nick verschlafen.

„Hoffentlich“, sagte Jup leise.

Er konnte lange nicht einschlafen. Die Hände unter dem Kopf verschränkt, lag er da und starrte zur Decke. Wo war das Licht hergekommen?

14. April

Der Jahrestag des Untergangs der Titanic war angebrochen. Die Sonne wanderte langsam über den Himmel und erwärmte die Luft ein wenig. Trotzdem musste jeder, der sich länger an Deck aufhielt, eine dicke Jacke tragen.

Die Matrosen des Forschungsschiffes waren alle ungewohnt still. Es fielen keine lauten Worte, niemand lachte. Auch die Männer, die sich über die Geschichten vom Geisterschiff lustig machten, warfen von Zeit zu Zeit verstohlene Blicke hinaus auf das Meer.

Als die Sonne als roter Ball am Horizont versank, stand der Gruselclub mit Professor Katz an der Reling.

„Papa, glaubst du, sie wird tatsächlich auftauchen?“, fragte Jupiter.

Der Professor atmete tief ein und aus. „Die Matrosen, die sie gesehen haben, sind fest davon überzeugt. Ich halte ihre Berichte nicht für Seemannsgarn. Allerdings kommen Geisterschiffe meistens dann nicht, wenn man besonders auf sie wartet!"

An Schlaf war in dieser Nacht nicht zu denken. Genau zwanzig Minuten vor Mitternacht war die Titanic mit dem Eisberg zusammengestoßen. Den Berichten zufolge war das Geisterschiff meistens ein paar Minuten vorher aufgetaucht.

Es war kurz nach zehn Uhr, als Jupiter auf die Toilette musste. Er kletterte ins Unterdeck und betrat seine und Nicks Kabine. Nichts ahnend öffnete er die Tür zur Waschkoje. Im nächsten Augenblick knallte er sie wieder zu. Keuchend taumelte er zurück, den Blick starr auf die Tür geheftet.

Das gab es nicht. Das war nicht möglich! Jemand erlaubte sich einen Scherz. Eine andere Erklärung kam nicht infrage.

Nach Luft schnappend, torkelte er auf den Gang hinaus, schloss die Kabinentür und sperrte sie doppelt ab. Immer zwei Stufen auf einmal nehmend, hastete er nach oben und suchte Vicky und Nick.

„Ko... kommt mit!", stammelte er.

„Wieso? Jetzt doch nicht. Die Titanic kann jederzeit auftauchen!", brummte Vicky.

„Kommt mit!", flehte Jup, packte seine Cousine am Arm und zerrte sie hinter sich her.

„Kannst du uns bitte erklären, was das soll?", rief Nick.

Erst als sie unten angekommen waren, sagte Jupiter: „In unserem Bad … da ist jemand."

„Na und?" Vicky fand nichts dabei.

„Es ist eine Frau in einem langen, weißen Kleid!", fügte Jup hinzu.

Das überraschte Vicky sehr. Soviel sie wusste, war sie das einzige weibliche Wesen an Bord.

Nick, der Experte für Streiche, verzog das Gesicht: „Hahaha, und wenn wir jetzt ins Bad gehen, schreist du April, April!"

„Nein, bestimmt nicht!", versicherte ihm Jup. Er holte den Schlüssel aus der Tasche, schloss die Kabine auf und ließ den anderen beiden den Vortritt.

Vicky warf den Kopf in die Höhe, ging entschlossen auf die Badezimmertür zu und riss sie auf, sprang aber gleich zurück. Sicher war sicher.

„Und?" Nick war in der Kabinentür stehen geblieben.

Zögernd trat Vicky ein paar Schritte vor und steckte den Kopf ins Bad.

„Du hattest recht, Nick", knurrte sie. „Sehr witzig, Jupiter. Ich lache nächstes Jahr."

„Aber … aber sie war da!", beteuerte Jup. Er konnte nicht glauben, dass die Frau verschwunden war. Er hatte sie doch eingeschlossen.

„Ich will wieder an Deck!", brummte Nick.

Vicky schloss sich ihm an. Nick hatte gerade seinen Fuß auf die Treppe gesetzt, als Jupiter rief: „Kommt zurück. Sie ist wieder da."

„Noch mal fallen wir nicht darauf rein", erklärte Vicky.

In diesem Augenblick streifte sie ein bleiches, grünliches Licht, das von hinten kam. Sie drehte sich um.

Am Ende des Ganges stand tatsächlich eine schlanke Frau. Ihr Gesicht war zart, ihre Schultern fast weiß. Das Leuchten ging von ihrem bodenlangen Seidenkleid aus. Stumm starrte sie die drei Mitglieder des Gruselclubs an.

Ebenso sprachlos starrten Vicky, Nick und Jupiter zurück.

WER IST DAS?

Nick beugte sich vor und flüsterte Vicky ins Ohr: „Wer ist das?"

„Woher soll ich das wissen?", schnaubte seine Schwester.

Noch immer stand die Frau da und starrte mit hohlen Augen zu den drei Freunden. Ein seltsames Gefühl von Traurigkeit ging von ihr aus. Vicky, Jup und Nick kam es vor, als würden sie immer schwerer und bedrückter werden.

Schließlich hielt Nick es nicht mehr aus und rief: „Wer sind Sie? Was wollen Sie?"

Ohne ein Wort zu sagen, drehte sich die Frau um, ging humpelnd davon und verschwand durch eine offene Tür.

„Hättest du nicht die Klappe halten können?", fuhr Vicky ihren kleinen Bruder an.

Jupiter war wie erstarrt. „Denkt ihr, das ist ein Geist? Ein echter Geist?", wollte er wissen.

Erst jetzt wurde auch den anderen bewusst, was sie gerade gesehen hatten. Vicky spürte, wie ihr die Gänsehaut über die Arme nach oben kroch. „Warum spukt auf diesem Schiff ein Geist? Es ist doch ganz neu“, sagte sie leise.

Jupiter hatte von seinem Vater viele verschiedene Erklärungen gehört, warum überhaupt Geister auftauchten. „Vielleicht will uns die Frau vor etwas warnen“, fiel ihm ein.

„Eisberge!“, hauchte Nick mit Grabesstimme. „Es könnte doch wieder Eisberge in dieser Gegend geben. Wenn einer unser Schiff rammt, werden wir untergehen.“

„Wer ist die Frau?“, wunderte sich Vicky.

„Es könnte eine ertrunkene Passagierin der Titanic sein“, flüsterte Jupiter.

„Soll ich deinen Vater holen?“, bot Nick an.

Jup fand den Vorschlag nicht gut. Die weiße Frau war wieder verschwunden. Sie hatten keine Beweise. Bestimmt würde ihm sein Vater kein Wort glauben.

„Wo ist die Frau hingegangen? Was ist dort hinten für eine Kabine?“, fragte Vicky die Jungen. Jupiter und Nick hatten das ganze Schiff von oben bis unten inspiziert, als sie an Bord gegangen waren.

Nachdenklich kratzte sich Jup am Kinn. „Dort hinten … das ist ein Lagerraum, wenn ich mich richtig erinnere.“

Der Gruselclub stimmte ab. Nick und Jupiter wollten lieber noch ein bisschen warten und erst dann nachsehen gehen.

„Ihr seid wirklich zwei Jammerlappen“, schimpfte Vicky und stapfte auf die offene Tür zu. Sie blickte in den Lagerraum und kniff die Augen zusammen.

„Was siehst du?“, wollten die Jungen wissen.

„Nichts, es ist stockfinster!“, flüsterte Vicky. Ihr Mut schien verflogen zu sein.

„Traust dich ja auch nicht, da reinzugehen“, ätzte Nick.

Das ließ sich Vicky nicht zweimal sagen. Sie rückte ihre Brille zurecht und schritt hoch erhobenen Hauptes in die Kabine.

Nick und Jupiter reckten neugierig die Hälse.

In der Kabine blieb es völlig still. Vicky ließ sich nicht mehr blicken.

„Vicky?“, rief Jupiter nach einer Weile fragend.

Die Antwort war Stille.

Nick spürte einen Kloß im Hals.

„Wenn ihr was zugestoßen ist?“

„Quatsch“, brummte Jup. „Die will uns nur ärgern.“

Langsam, sehr langsam gingen die Jungen näher an die offene Tür heran. Beide hatten die Fäuste geballt und bissen sich auf die Unterlippe.

In der Kabine war es noch immer stockfinster. Keine Spur von der Frau oder von Vicky. Die Jungen riefen noch einmal ihren Namen. Aber niemand antwortete.

Jupiter tastete an der Innenwand nach dem Lichtschalter. „Aaaaa! Nicht!“, hörte Nick ihn plötzlich aufschreien. Er wurde vor den Augen seines Cousins in die Dunkelheit gezerrt, die ihn wie ein riesiges Maul schluckte.

„Jup! Jup, was ist? Sag doch was!“, flehte Nick.

Wieder blieb alles still.

Nick war ungefähr zwei Schritte von der Türöffnung entfernt. Erlaubte sich seine Schwester tatsächlich einen Scherz? Spielte Jupiter vielleicht sogar mit?

„Ich … ich geh da nicht rein. Auf mich könnt ihr lange warten!“, kündigte er an.

Lautlos, aber blitzschnell wuchs die Dunkelheit des Raumes hinaus auf den Gang. Wie die Arme eines Kraken fasste sie nach Nick. Er verlor den Boden unter den Füßen und wurde in das Schwarz geschleudert.

Alles ging so schnell, dass er nicht einmal schreien konnte. Schwerelos fiel er durch die Dunkelheit, die ihn wie ein tiefer Schlund verschluckte.

Er ruderte mit den Armen und versuchte, etwas zu finden, woran er sich festhalten konnte, griff aber immer nur ins Leere.

Wie eine Blase zerplatzte die Dunkelheit schließlich. Rund um ihn wurde es langsam heller.

Er bekam Boden unter die Füße und ging

in die Knie. Als er sich umsah, fand er sich in einem Saal wieder. Um ihn herum eine fröhliche Ballgesellschaft. Doch die Tanzenden hatten allesamt Totenköpfe und Knochenhände.

KEIN WEG ZURÜCK?

Erschrocken sprang Nick auf und wich zurück.

Wo war er?

Er stieß mit dem Rücken gegen etwas Hartes und drehte sich erschrocken um. Hinter ihm befand sich nur eine Säule.

Die Tanzenden drehten sich fröhlich im Kreis. Sie schienen zu lachen und zu plaudern. Ihre bleichen Kieferknochen bewegten sich, aber kein Wort war zu hören.

An der schmalen Seite des Ballsaales entdeckte Nick in einer Nische ein kleines Orchester. Die Musiker waren alle im Frack und spielten schwungvoll auf ihren Instrumenten, die aber keinen Ton von sich gaben.

Statt Gesichtern hatten auch die Musiker weiße Totenschädel, und ihre Hände bestanden nur aus Knochen.

In der Wand über der kleinen Bühne des Orchesters war eine große Uhr eingebaut. Die kunstvoll verzierten Zeiger standen auf elf.

Noch immer gegen die Säule gepresst, verfolgte Nick den lautlosen Ball. Die Tanzpaare schienen ihn nicht zu bemerken, obwohl er mitten im Saal stand.

„Ich muss weg von hier“, schoss es ihm durch den Kopf. Er wartete auf eine Lücke zwischen den Tänzern und rannte dann los. Sein Ziel war eine Flügeltür am anderen Ende des Raums.

Er hatte sie fast erreicht, als sie aufflog und eine Gruppe von Herren eintrat, die jeder eine Dame in elegantem Abendkleid am Arm führten. Nick konnte nicht mehr rechtzeitig bremsen und schlitterte über das glatte Parkett genau auf die neuen Gäste zu.

Er schloss die Augen und rechnete mit dem Zusammenstoß. Gleich würde er von den Knochenhänden gepackt werden.

Ein eiskalter Windstoß fegte über ihn hinweg.

Der Zusammenstoß aber blieb aus.

Vorsichtig öffnete Nick die Augen. Der Schreck zuckte wie ein eisiger Blitz durch seinen Körper.

Er stand inmitten der schaurigen Gesellschaft. Die Menschen waren körperlos und gingen einfach durch ihn hindurch. Nick spürte sie nur als kalten Schauer, schien für die Herren und Damen aber gar nicht anwesend zu sein.

Ein schrecklicher Verdacht machte sich in ihm breit. Er wollte ihn aber nicht wahrhaben.

Keuchend stolperte er aus dem Saal und

versuchte, den Gruselgestalten auszuweichen, die ihm entgegenkamen.

Doch es war nicht nötig. Auch sie gingen durch ihn hindurch, als wäre er gar nicht da.

Jemand griff nach seinem Arm und drückte kräftig zu. Erschrocken wirbelte Nick herum. Er rechnete damit, eine Knochenhand zu sehen, die ihn wie eine Zange gepackt hatte.

Doch es war nur seine Schwester, die mit Jupiter hinter einer Zimmerpalme stand und ihn zu sich zerrte.

„Sind wir hier …?", begann Nick.

Jup nickte langsam.

Das große Treppenhaus, das vor ihnen lag, ließ keinen Zweifel: Sie befanden sich an Bord der Titanic. Über ihnen spannte sich eine mächtige Glaskuppel, durch die schon bald eisige Wassermassen stürzen würden.

„Es gibt sie also wirklich … die Geister-Titanic", stammelte Nick. „Die Passagiere sind alle … alle Skelette … Geister."

„Nur wir sind echte, lebendige Menschen!", flüsterte Jupiter.

„Das Schiff besteht aus echtem Metall und Holz", stellte Vicky fest und klopfte zur Bekräftigung an die Wand. „Doch die Leute sind alle körperlose Geister."

„Ist mir egal, was die sind!", brauste Nick auf. „Ich will weg von hier!"

„Kommt!" Jupiter gab den beiden ein Zeichen,

ihm zu folgen. Er stürmte die geschwungene Treppe nach oben und lief über weichen Teppichboden auf eine Tür zu, die ins Freie führte.

Die Nacht war sternenklar. Obwohl kein Mond zu sehen war, herrschte noch nicht völlig Finsternis. Die Sterne leuchteten heller, als die Freunde es je gesehen hatten.

Trotz ihrer warmen Jacken froren sie.

Stumm deutete Vicky auf einen Rettungsring an der Reling. Darauf stand in dicken schwarzen Buchstaben „RMS Titanic". Nun waren alle Zweifel beseitigt.

Sie stürzten an das Geländer und starrten auf das Meer hinaus. Dort draußen musste sich doch irgendwo die Atlanta befinden. Vielleicht konnten sie ihr ein Zeichen geben – einen Notruf, damit die Besatzung ein Rettungsboot schickte.

Der Gruselclub suchte backbord und steuerbord nach einem Lichtschimmer am Horizont.

„Ich … ich kann nichts finden!", jammerte Nick.

Den anderen beiden ging es genauso.

„Wir haben zum Glück noch Zeit", sagte Jupiter.

Vicky kam eine Idee: „Wenn wir den Kapitän warnen, kann das Unglück vielleicht vermieden werden."

Jup lachte trocken. „Und wie willst du das machen? Die Leute an Bord können uns weder sehen noch hören."

Damit hatte er leider recht.

Die Titanic war zurückgekehrt, um ihr grässliches Schicksal wieder zu erleiden.

„Wir ... wir müssen uns sofort in ein Rettungsboot setzen", sagte Nick. „Sonst fallen wir in das Eiswasser."

Vicky und Jupiter fanden den Vorschlag gut. An gebogenen, weiß lackierten Stützen sahen sie die Rettungsboote hängen. Nick kletterte an einer der Stützen hoch und versuchte, die Abdeckplane vom Rettungsboot zu ziehen.

Die anderen beiden stöhnten auf, als sie sahen, was geschah: Nicks Hand griff ins Leere. Das Boot sah echt aus, doch wie die Passagiere hatte es keinen Körper.

„Und was jetzt? Was machen wir jetzt?", schrie Nick aufgebracht.

„Halt, Leute!" Vicky hob die Hand. „Wir sind irgendwie an Bord dieses Geisterschiffes gekommen. Auf demselben Weg müssten wir auch wieder zurückkehren können."

„Müssten!", betonte Jupiter bitter.

„Es hat bestimmt mit der Frau zu tun!", fiel Nick ein.

Warum war sie nur an Bord der Atlanta aufgetaucht?

SCHAURIGE ENTDECKUNGEN

„Du machst wohl Witze!", meinte Vicky, als Jupiter schilderte, wie er sich die Sache erklärte.

„Nein, das ist kein Witz. Wir haben ihren Schuh, und der Geist der Frau wollte ihn sich wiederholen."

„Aber wieso sind wir dann an Bord des Geisterschiffes gelandet? Ich weiß nur, dass mich die Dunkelheit in der Kabine verschluckt hat."

Auch Jupiter war es so ergangen. Es musste alles mit dem Auftauchen der Frau zu tun haben. Sie hatte eine Art Tunnel in eine andere Dimension eröffnet.

„Wenn sie uns hierher gebracht hat, kann sie uns bestimmt auch wieder zurückbringen!", meinte Nick.

„Dazu müssen wir sie aber finden!", sagte Jup.

„Das Kleid hat teuer ausgesehen, sie fährt also ziemlich sicher erster Klasse", kombinierte

Vicky. „Vielleicht ist sie im Ballsaal." Sie hatte einmal gelesen, dass es auf der Titanic drei Klassen gegeben hatte. Die dritte Klasse war am billigsten. In den winzigen Kabinen mussten dafür aber sechs Leute Platz finden. Die zweite Klasse war schon komfortabler, aber richtig sensationell waren die Kabinen der ersten Klasse. Dort gab es sogar offene Kamine, große Badezimmer, teure Ölgemälde an den Wänden und dazu ein eigenes, großes Promenadendeck.

Jup runzelte die Stirn und fragte Nick: „Was ist eigentlich mit dem Schuh geschehen?"

Mit verlegenem Grinsen öffnete Nick die Gürteltasche, die er umgebunden hatte. Vorsichtig zog er den hochhakigen Schuh heraus. Er war noch immer nass und verströmte einen ekligen Gestank von faulem Fisch und uraltem Leder.

Vicky riss die Augen auf und verzog angeekelt das Gesicht. „Igitt, seht euch das an", stöhnte sie.

Aus dem Schuh wanden sich Würmer und Maden …

Mit einem Schrei ließ Nick den Schuh fallen.

„Heb ihn wieder auf, wir brauchen ihn noch!", sagte Jupiter streng.

„Heb ihn doch selber auf!", gab Nick zurück.

Mit zugehaltener Nase und spitzen Fingern angelte Jup nach dem schaurigen Ding, das lebendig geworden war. Nick hielt die Tasche auf, und Jupiter ließ den Schuh hineinfallen. Schnell schloss sein Cousin den Reißverschluss wieder.

„Auf geht's. Wir müssen die Frau finden!" Vicky trieb die Jungen an, sich zu beeilen.

Sie flitzten die Treppe wieder hinunter, wo zahlreiche Leute standen und sich mit edlen Gläsern zuprosteten.

Noch immer hatten sie keinen einzigen Ton, keine Stimme, kein Geräusch gehört. Auf der Titanic herrschte Totenstille, die schlimmer war als der größte Krach. Sie ließ die Angst und Unruhe in den dreien schnell wachsen.

Nick schluckte. „Wie … wie sollen wir die Frau denn erkennen? Die Leute hier haben alle kein Gesicht mehr."

„Und das Kleid der Frau war auch nicht so auffallend", meinte Jup.

„Nicht grübeln, suchen!", rief Vicky ungeduldig.

Die drei Freunde erschauerten jedes Mal, wenn einer der Geister durch sie hindurchschwebte, und zuckten erschrocken zusammen. Es war unmöglich, sich daran zu gewöhnen.

„Leute, wie lange sind wir wohl schon an Bord?", fragte Jupiter die anderen.

„Höchstens ein paar Minuten", meinte Nick.

„Ich habe schlechte Neuigkeiten", sagte Jup und zeigte auf die große Uhr an der Wand über der Orchesterbühne. Die Zeiger schienen schneller zu gehen und zeigten bereits fünf nach halb elf.

NUR NOCH FÜNF MINUTEN

„Dort steht sie!“ Jup zeigte in die Richtung, wo er die Frau entdeckt hatte. Sie war halb von einem Herrn im Frack verdeckt, doch man konnte erkennen, dass sie nur einen Schuh trug.

„Schnell, schnell, gib ihr den Schuh zurück!“, drängte Vicky. „In fünf Minuten ist der Zusammenstoß! Dann müssen wir von hier fort sein.“

Sie liefen durch die geisterhaften Gestalten, an denen eine schaurige Veränderung vorging. Die feinen Anzüge und die teuren Abendkleider schienen zu verrotten. Der Stoff wurde dünn und brüchig, und bleiche Knochen schimmerten durch.

Die Passagiere schienen davon nichts zu bemerken. Noch immer wurde überall um den Gruselclub herum getanzt, gelacht und gescherzt.

Die Kälte, die von den Spukgestalten ausging, wurde immer stärker und tat höllisch weh, wenn die Freunde versuchten, durch sie hindurchzulaufen.

Jupiter hatte das Gefühl, von einer eisigen Faust geschlagen zu werden, wenn er nur in die Nähe eines Passagiers kam.

„Nur noch drei Minuten bis zum Zusammenstoß!", warnte Vicky.

„Wir müssen einen Bogen um die Skelette machen. Es geht nicht anders!", rief Nick.

Nur noch zwei Minuten!

Nick hatte es geschafft. Er stand neben der Frau, die auf der Atlanta erschienen war. Seine Finger waren schweißnass, als er die Tasche öffnete und den Schuh herausfischte. Das Gewimmel der Würmer und Maden war noch schlimmer geworden.

Es kostete Nick viel Überwindung, der Dame den Schuh hinzustrecken.

Die aber bemerkte ihn gar nicht und redete angeregt mit einer anderen Passagierin weiter. Ihr Unterkiefer klappte munter auf und zu.

„Da ... den wollten Sie doch haben!", schrie Nick verzweifelt.

Keine Reaktion.

Nick versuchte die Frau am Arm zu packen, der nur noch aus Knochen bestand. Doch er griff in die Luft und bekam wieder einen frostigen Schlag, der seine Finger lähmte und erstarren ließ.

Noch eine Minute.

„Ihr Schuh!!" Nick fuchtelte mit dem Ding vor dem Schädel der Frau herum. Zu seinem

Entsetzen löste sich der Schuh immer weiter auf. Noch war etwas von der Sandalette zu erkennen, aber wie lange noch?

Ein langer schleimiger Wurm kroch aus der Sohle und glitt über seine Haut.

„Wääää!" Nick schüttelte die Hand, um das eklige Tier loszuwerden, und der Schuh fiel zu Boden.

„Gleich ist es so weit!", stöhnte Vicky und starrte auf die Zeiger der Wanduhr.

Jupiter rang nach Luft. Er stieß Vicky an und deutete auf den Boden. Der Schuh bewegte sich von ganz allein. Er kroch über das glatte Parkett und rutschte über den Fuß der Frau. Die Riemchen der Sandalen öffneten sich und legten sich über den Knochen.

Die Frau trug wieder beide Schuhe.

„Geschafft! Wir kommen zurück auf die Atlanta!", jubelte Vicky.

Ein heftiger Stoß erschütterte die Titanic. Die Kristalllüster über ihren Köpfen erbebten. Einige Passagiere verloren das Gleichgewicht und wurden gegen das Treppengeländer geworfen.

Es war geschehen. Die Titanic war wieder mit dem Eisberg zusammengestoßen. Die Außenbordwand wurde von den Eismassen aufgebogen, und Wasser drang in den Schiffsrumpf ein. Der Untergang begann.

„Wir müssen zusammenbleiben!", rief Vicky.

„Damit wir auch gemeinsam zurück auf die Atlanta gebracht werden."

Die Mitglieder des Gruselclubs hielten einander an den Händen und warteten darauf, wieder von dem schwarzen Strudel verschluckt und zurück in ihre Zeit befördert zu werden.

Sie warteten.

Und warteten.

Und warteten.

Es geht abwärts

Der schwarze Strudel kam nicht. Vicky, Jupiter und Nick standen noch immer an der großen Treppe. Unter ihnen begann sich der Boden leicht zu senken.

„Dort … die Uhr!“, rief Nick aufgeregt.

Die Zeiger drehten sich viel zu schnell. Die Uhr zeigte bereits halb ein Uhr des schaurigen Morgens.

„Die Zeit vergeht schneller an Bord der Geister-Titanic. Wir müssen ein richtiges Rettungsboot finden!“, schrie Jupiter in Panik.

Vicky warf verzweifelt die Arme in die Luft: „Kapierst du noch immer nicht, was hier los ist? Echt und fest ist an Bord nur, was auch noch unten am Meeresgrund liegt. Die Rettungsboote tun das nicht!“

„Dann werden wir mit der Titanic versinken!“, rief Jup panisch. „Das Wasser ist eiskalt. Es hat höchstens ein paar Grade. Wir werden erfrieren.“

„Ich will nicht erfrieren. Nein! Tut doch etwas!“, jammerte Nick.

Auch Vicky konnte vor Angst kaum noch klar denken. Dabei musste sie jetzt alles daransetzen, einen klaren Kopf zu behalten.

„Wir müssen rauf, an Deck!“, kommandierte sie. „Wenn Matrosen der Forschungsschiffe die Geister-Titanic gesehen haben, dann müssten doch auch wir die Atlanta sehen können!“ Als die Jungen sich nicht sofort in Bewegung setzten, riss sie die beiden einfach mit.

Das Gewimmel der Spukgestalten war dichter geworden. Noch immer schienen sie von dem bevorstehenden Untergang nichts bemerkt zu haben und tanzten und feierten munter weiter.

„Denkt daran, den Geistern auszuweichen“, rief Jupiter im Laufen. „Ihre Kälte wird immer schlimmer.“

Wieder kam ihnen eine große Gruppe festlich gekleideter Menschen entgegen. Mittlerweile waren die feinen Gewänder nur noch Fetzen, die schlaff von den Skeletten hingen und wie nasse Segel wehten.

Die drei Freunde machten einen großen Bogen um die Geister und stolperten dabei in eine hell erleuchtete Nische.

„Raus hier!“, schrie Vicky.

Es war zu spät. Vor ihnen schoben sich geräuschlos zwei Türen zusammen. Sie waren in einen Lift geraten, der sich mit einem Ruck in Bewegung setzte.

„Bitte, fahr hinauf!“, flehte Jupiter.

Doch der Lift bewegte sich nach unten – ein Stockwerk, noch ein Stockwerk, ein drittes Stockwerk und dann noch ein viertes.

Die Türen öffneten sich wieder.

Vicky, Nick und Jupiter blieb nicht einmal mehr Zeit zu schreien. Als wären sie erwartet worden, ergoss sich eine eiskalte Woge von draußen über sie. Der Gang, der vor ihnen lag, stand bereits knietief unter Wasser. Geister in Schwimmwesten kamen aus den Kabinen. Stewards wiesen ihnen den Weg nach oben. Als eine Frau zum Lift gehen wollte, gab ihr der Kabinensteward ein Zeichen, es nicht zu tun.

„Klar, der Lift kann stecken bleiben!“, murmelte Jup. Wie erstarrt stand er mit seinen Freunden noch immer in der Fahrstuhlkabine. Erst nach einigen Sekunden fiel ihm ein, was sie zu tun hatten: „Raus, schnell!“, rief er.

Genau in diesem Augenblick setzten sich die Türen wieder in Bewegung. Der Spalt dazwischen wurde rasch kleiner.

„Durchzwängen!“, kommandierte Vicky.

Nick versuchte, sich seitlich durchzuschieben, und schrie auf. Die Türen waren auf einmal schneller geworden und hatten ihn eingeklemmt, so als ob sie nach ihm schnappen wollten.

Jupiter bemühte sich, mit den Händen die beiden Türhälften wieder auseinanderzudrücken. Sein Gesicht verzerrte sich vor Anstrengung, und er stöhnte und ächzte.

Vicky packte ihren kleinen Bruder an der Schulter. „Raus kommst du nicht, du musst zurück!", sagte sie.

Der Satz wirkte wie ein Zauberspruch. Die Tür öffnete sich, und Vicky riss Nick in die Liftkabine. Gleich darauf knallten die Türhälften wieder zusammen.

Jupiter schluckte heftig. Er taumelte nach hinten und sah sich kopfschüttelnd im holzgetäfelten Fahrstuhl um.

Gab es das? War es möglich? Oder nur eine völlig verrückte Idee?

„Leute ... der Lift ... er will uns nicht aussteigen lassen!", stammelte Jup.

Nick zitterte am ganzen Körper und rieb sich die schmerzende Schulter.

„Aber warum? Will er uns retten?"

In diesem Augenblick setzte sich der Aufzug wieder in Bewegung.

„Oh nein!", stöhnte Vicky.

Sie bewegten sich weiter nach unten.

Erst jetzt fiel den drei Freunden auf, dass sie bis zu den Knien im Wasser standen. Auch von der Decke regnete Wasser in dünnen Rinnsalen auf sie herab.

Der Lift fuhr nicht mehr gleichmäßig, sondern

bewegte sich ruckend. Immer wieder sackte er ein Stück tiefer. Jedes Mal schrien Jup, Vicky und Nick erschrocken auf.

„He … he … he!“, stotterte Nick fassungslos. „Leute … da ist was … ich glaube … da will uns jemand einen Hinweis geben.“

Die anderen beiden sahen ihn an, als hätte er japanisch gejodelt. Wovon redete Nick?

Dann erkannte es auch Jup. Bei den Druckknöpfen an der Täfelung des Aufzugs war der kaum sichtbare Umriss einer Geisterhand aufgetaucht. Die Hand deutete auf einen Knopf.

HILFERUF

„Sollen wir wirklich?“ Vicky sah die Jungen fragend an.

„Ja, ja! Mach schon, oder hast du eine bessere Idee?“, schrie Nick.

Nein, eine bessere Idee hatte sie wirklich nicht. Vicky zögerte noch einen Augenblick und drückte dann den Knopf, auf den die Hand gedeutet hatte.

Die Folge war ein gewaltiger Ruck, der die drei ins Wasser stürzen ließ. Hustend und spuckend kämpften sie sich wieder in die Höhe.

„Wir haben uns verguckt. Da war gar nichts!“, rief Vicky.

„Und jetzt stecken wir fest!“, stöhnte Jupiter.

Der Lift bewegte sich nämlich überhaupt nicht mehr.

„Hört ihr das?“ Vicky hielt die Luft an.

Unter ihnen rauschte Wasser, so laut und dröhnend wie an einem Wildbach. Sie spürten, wie die Massen gegen den Boden der Fahrstuhlkabine schlugen und drückten.

Nick war weiß im Gesicht. „Das Wasser steigt!", stöhnte er. „Und wir kommen hier nicht mehr raus."

„Wir müssen raus! Wir … wir klettern nach oben!", keuchte Vicky.

Jupiter winkte ab. „Die Titanic ist sehr solide gebaut. Glaubst du, wir könnten die Decke des Lifts abheben? Vergiss es!"

„Aber wir können doch nicht nur herumstehen und abwarten, bis wir untergehen!", tobte Vicky.

Über ihnen jaulte ein Motor auf. Es klang wie ein verzweifeltes letztes Brüllen.

Mit einem Aufschrei klammerten sich die drei an der Haltestange in der Liftkabine fest. Gleich würden sie in die Tiefe gerissen.

Doch das Gegenteil war der Fall. Unter gespenstischem Ächzen wurde der Fahrstuhl in die Höhe gezogen. Die Fahrt schien in Zeitlupe abzulaufen, aber sie ging nach oben.

„Komm, noch ein Stück. Mach schon!", feuerten die drei den Lift an.

Endlich blieb er stehen, und die Türen öffneten sich. Sie waren wieder an der großen Treppe, wo sie in den Aufzug gestolpert waren. Gleichzeitig drängten nun alle drei durch die Tür.

Mittlerweile herrschte Panik unter den

unheimlichen Passagieren. Viele hatten die altmodischen hellen Schwimmwesten übergezogen und versuchten, hinauf an Deck zu kommen.

„Wir müssen auch raus auf das Bootsdeck!“, rief Jupiter den anderen zu.

Ganz eng an die Wand gepresst, kämpften sie sich die Treppe nach oben. Die Kälte der Nacht schnitt ihnen eisig ins Gesicht. Ihre nassen Kleider schienen an der Luft zu gefrieren.

Der Bug der Titanic hatte sich bereits gefährlich tief nach unten geneigt.

Nick zeigte auf die Rettungsboote. Obwohl niemand bei ihnen stand, wurden von unsichtbaren Händen die Abdeckplanen weggezogen und die Boote zu Wasser gelassen. Mindestens zwanzig trieben bereits auf dem pechschwarzen Meer. Sie waren leer und leuchteten gelblich grün wie Irrlichter.

Vicky schauderte, als sie rechts von sich die Skelette mit den Musikinstrumenten entdeckte. Die Instrumente waren genauso verrottet wie ihre Kleidung. Während die Titanic sank, standen sie da und spielten weiter.

Trotz der schrecklichen Katastrophe, die sich rund um sie abspielte, war noch immer kein Laut zu hören. Die Titanic versank ohne ein Geräusch.

Der Himmel war schwarzblau und übersät von funkelnden Sternen. Ihr Licht schien heller als der Mond.

Von hinten bekam Jupiter einen leichten Schlag auf die Schulter. Erschrocken drehte er sich um, konnte aber niemanden sehen.

Wer hatte ihn berührt?

Nick stürzte an die Reling und zeigte mit ausgestrecktem Arm auf das Meer hinaus. „Die Atlanta! Ich kann sie sehen!", schrie er aufgeregt.

Die anderen sprangen zu ihm und starrten in das Schwarz der Nacht hinaus.

Tatsächlich! Dort lag sie. Die vier Signallichter an der dunklen Silhouette ließen keinen Zweifel.

„Schaffen wir es, hinzuschwimmen?", fragte Vicky die anderen.

Jupiter schüttelte den Kopf. „Aussichtslos. Die Atlanta ist mindestens ein oder zwei Kilometer entfernt. Im eiskalten Wasser kommen wir nicht weit."

„Dann müssen wir ein Zeichen geben!", rief Nick. „Morsezeichen! Mit einer starken Lampe. Wir morsen, dass wir an Bord sind und gerettet werden müssen."

Vicky musste ihren kleinen Bruder ausnahmsweise loben. „Schlau, sehr schlau. Das tun wir!"

Aber wo bekamen sie eine Lampe her?

„Sie muss wirklich stark sein, sonst wird sie nicht gesehen!", sagte Jup.

Die drei begannen, über das Bootsdeck zu laufen, das sich immer stärker neigte. An einigen

Stellen konnten sie sich einfach hinstellen und über den feuchten Boden rutschen.

Es wimmelte von aufgeregten Passagieren.

Nick sah eine Knochenhand, die eine Taschenuhr hielt. Auf der Uhr war es bereits nach zwei in der Früh.

„Wir müssen uns beeilen!", keuchte Jupiter. „Um 2:20 Uhr ist die Titanic im Wasser verschwunden." Gleich darauf sprang er zur Seite. Wieder hatte er einen Schlag an den Kopf bekommen. Die Wände um die drei herum begannen zu zerbersten.

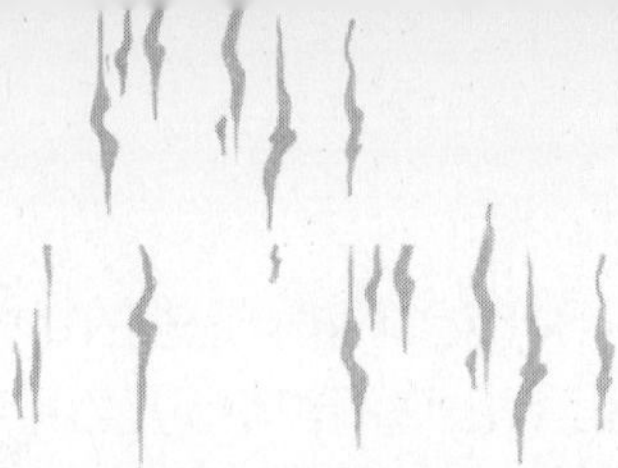

DAS LICHT GEHT AUS

Vicky glaubte, eine Erklärung für das Geschehen zu haben. „Alles verändert sich schon hier oben so, wie es später am Meeresgrund aussehen wird."

„Aber das würde bedeuten …" Weiter kam Nick nicht. Er war mit dem Bein im Deck eingebrochen. Die dicken Holzplanken waren auf einmal morsch. Aus den Bruchstellen krochen gelbliche Würmer heraus.

Vicky und Jup halfen Nick in die Höhe. „Wir … wir gehen nur an der Reling. Dort können wir uns immer festhalten!", entschied Jupiter.

Aber wo sollten sie nach einer starken Lampe suchen? Die Titanic war hell erleuchtet. Hinter jedem Bullauge und jedem Fenster brannte Licht. Bestimmt würde niemand auf der Atlanta bemerken, wenn sie hinter einem einzelnen Fenster das Licht an- und ausschalteten und auf diese Weise morsten.

Eine dicke Schicht aus Eisstücken lag auf dem Deck. Das Eis war kalt, aber körperlos. Die drei vom Gruselclub wateten hindurch, als wäre es Nebel.

„Bestimmt ist vorne am Bug eine Signallampe angebracht“, fiel Jupiter ein.

Die drei hatten das Ende des Bootsdecks erreicht und blickten zur Spitze der Titanic. Sie war bereits ins Wasser eingetaucht.

„Äh ... dort hätte uns die Lampe ohnehin nichts genützt. Die Atlanta steht Steuerbord“, murmelte Jupiter, der sich die Enttäuschung nicht anmerken lassen wollte.

„Ooaaaa!“ Nick stemmte sich mit den Händen gegen die Brüstung, hinter der es steil nach unten auf die tieferen Decks ging. Die Titanic war wieder ein großes Stück nach vorne gekippt.

„Zurück ... zurück zum Heck! Das blieb doch am längsten über Wasser!“, schrie Vicky.

Draußen auf dem Meer trieben die leeren, leuchtenden Rettungsboote. An Bord der Titanic aber versuchten sich die gespenstischen Passagiere in Sicherheit zu bringen.

Wie oft sie es wohl schon getan hatten?

An jedem Jahrestag des Unglücks, seit damals im Jahre 1912? Würden sie niemals Ruhe finden?

Es war Schwerstarbeit, sich das steile Deck hinaufzukämpfen. Vicky, Jup und Nick klammerten sich an jedem vorstehenden Gegenstand fest, weil sie sonst zurückgerutscht wären.

„Wir müssen es schaffen. Wir müssen es schaffen!“, feuerten sie sich immer wieder an.

Ihre Muskeln brannten, die Beine schmerzten, und die Hände waren zerschunden, als sie endlich das Hinterdeck erreichten.

„Dort … die nehmen wir!“, rief Jupiter den anderen zu. Er hatte eine starke Lampe entdeckt, die an einem gebogenen Metallarm hing. Daran ließ sie sich bestimmt nach außen, in Richtung des Forschungsschiffes schwenken.

„Helft mit!“, schrie Jupiter. Sie stemmten sich gemeinsam gegen den Schwenkarm, der sich aber keinen Millimeter bewegte.

„Dann müssen wir es so versuchen. Vielleicht sehen sie es trotzdem!“, keuchte Jupiter. Er riss sich die Jacke vom Körper und hielt sie vor die Lampe. Dann musste er sich konzentrieren und an die richtigen Morsezeichen erinnern. Er wollte den Notruf „Wir sind hier! Gruselclub!“ Buchstabe für Buchstabe blinken.

Als er damit begann, wurde es rund um ihn mit einem Schlag dunkel. Sekunden später wurde es noch dunkler.

„Oh nein!“, stöhnten Vicky und Nick.

Die Lichter der Titanic erloschen auf einem Deck nach dem anderen.

„Nein!“, schrie Jupiter verzweifelt. „Nein!!!“ Aus lauter Wut schlug er mit der Faust auf die

Lampe und verzog gleich darauf das Gesicht vor Schmerz.

„Festhalten!“, brüllte Nick. „Festhalten!“

Der Rumpf begann, sich aus dem Wasser zu heben. Die riesigen Schiffsschrauben, jede so groß wie ein dreistöckiges Haus, ragten in die Luft.

Nick blieb vor Schreck fast das Herz stehen. Eine eiskalte Hand hatte nach seinem Arm gegriffen und packte hart zu. Er versuchte, sie abzuschütteln, doch es gelang ihm nicht.

„Wer … wer ist das?“, fragte er schwach, erhielt aber keine Antwort.

Dafür packte eine andere Hand seinen Kopf und drückte ihn nach links unten.

„Loslassen!“, brüllte er. „Loslassen! Hilfe! Hilfe! Jupiter, Vicky, tut doch etwas!“

Die anderen beiden wussten nicht, was mit ihm los war. Sie konnten die unsichtbaren Hände nicht sehen.

Dann aber wurde Nick klar, dass er auf etwas aufmerksam gemacht wurde. Zu seinen Füßen lag, neben allerlei Gerümpel, eine Leuchtrakete.

DER UNTERGANG

„Schnell, wir feuern sie genau auf die Atlanta. Dann … dann weiß Vati bestimmt, dass wir uns hier befinden!“, keuchte Jupiter.

Er bückte sich und wollte nach der Leuchtrakete greifen. In diesem Augenblick kippte die Titanic aber nach vorne, und die Rakete stürzte in die Tiefe. Der Rumpf stand nun senkrecht in die Höhe. Nur das hintere Drittel des riesigen Schiffes ragte noch aus dem Wasser.

Schreiend klammerten sich die drei an dem Geländer fest, auf dem sie nun lagen, und starrten ins Meer hinunter. „Hilfe! Nicht! Hilfe!“, brüllten sie aus Leibeskräften.

Vicky machte eine schreckliche Entdeckung. Sie waren mittlerweile allein an Bord. Die Geister-Passagiere waren alle verschwunden.

„Gleich gehen wir unter. Gleich!“, wimmerte Nick. Er sah schon, wie der Rumpf des Schiffes nach unten raste und sie in die eisigen Tiefen des Meeres riss.

Die Bretter des Decks zerbarsten. Die Metallnieten, mit denen die Teile der Titanic verbunden worden waren, sausten wie Gewehrkugeln nach allen Seiten. Die mächtigen Metallplatten begannen, sich zu verbiegen. Das Schiff zerfiel noch vor dem Untergang.

„Neeeiiiiin!", brüllten die drei.

In dieser Sekunde begann die schaurige Fahrt in die Tiefe. Ohne das Wasser aufzuwühlen, ohne auch nur eine einzige Welle zu verursachen, versanken die Trümmer der Titanic.

Wie ein schwarzer Spiegel raste das Meer auf Jupiter, Vicky und Nick zu.

Sie warteten auf den Aufprall auf dem eisigen Wasser. Darauf, dass die Wogen über ihrem Kopf zusammenschlugen und sie begruben.

Jupiter staunt

Doch es geschah nichts. Die Zeit schien stillzustehen, völlig still. Sie spürten nur noch ihren Herzschlag.

„Jupiter! Vicky! Nick!“, hörten sie eine Stimme rufen.

„Hier! Wir sind hier!“, krächzte Jup.

Aber wo war „hier“?

Es war noch immer Nacht. Eine eiskalte, sternenklare Nacht. Von der Titanic war nichts mehr zu sehen. Jup, Nick und Vicky lagen auf dem Geländer des Bootsdecks.

Auf dem Geländer?

Aber das war nicht möglich.

Das Deck war längst verschwunden. Nur das Geländer ragte noch aus dem Wasser. Jupiter traute seinen Augen nicht, als er ungefähr eine Armlänge unter sich sein eigenes Gesicht auf der Meeresoberfläche gespiegelt sah.

Das gekippte Geländer ragte noch immer aus dem Wasser. Doch wer hielt es oben?

Das Brummen eines Außenbordmotors kam näher. Aus der Dunkelheit tauchte ein großes Schlauchboot auf. Ganz vorne kauerte Professor Katz und streckte die Arme nach seinem Sohn, Vicky und Nick aus. Mithilfe von zwei anderen Matrosen wurden die drei an Bord gezogen. Stöhnend und keuchend lagen sie einen Augenblick auf dem Boden des Schlauchbootes und versuchten, zu sich zu kommen.

„Das Geländer!", stammelte Jupiter und richtete sich auf. Er blickte in die Richtung, wo es sich befunden hatte. Doch dort war nichts mehr zu sehen.

Professor Katz seufzte erleichtert und nahm seinen Sohn in die Arme. „Das ist gerade noch einmal gut gegangen", sagte er. „Und jetzt verratet mir mal, was ihr mitten in der Nacht hier draußen zu suchen habt? Was für ein Glück, dass Jeff euch schreien gehört hat." Er deutete auf einen der Matrosen.

Nick kannte ihn gut. Jeff hatte ihm vor zwei Tagen von der Geister-Titanic erzählt. „Wir … wir waren an Bord der Titanic!", platzte er heraus.

„Und wir sind mit ihr untergegangen!", fügte Vicky hinzu.

Der andere Matrose grinste schief. „Klar, und dabei seid ihr kaum nass geworden."

Er hatte recht. Die Kleider der drei waren nur noch ein bisschen feucht vom Wasser im Lift.

„Ein Bad in diesem Eiswasser hält keiner länger als ein paar Minuten aus!"

Jeff lachte. „Ihr habt euch eines der kleinen Schlauchboote genommen und seid rausgerudert. Wolltet euch wohl an Ort und Stelle überzeugen, ob die Titanic wirklich kommt. Das Schlauchboot war doch gerade noch da. Es scheint aber ein Loch gehabt zu haben und untergegangen zu sein."

„Nein, es war ganz anders!", protestierte Jupiter.

„War es nicht!", beharrte Jeff. „Ich habe die Leuchtkugeln gesehen, die ihr abgefeuert habt. Sie waren pink und grün, ein eindeutiges Zeichen, dass sie von einem unserer Rettungsboote kamen."

Die drei Mitglieder des Gruselclubs runzelten die Stirn. Wovon redete Jeff da? Er schien zu glauben, was er sagte.

Jupiter drehte sich zu seinem Vater und fragte: „Du hast sie doch gesehen, die Titanic, oder?"

Professor Katz schüttelte langsam den Kopf. „Nein, habe ich nicht. Wir haben sie alle nicht gesehen. Und auch ihr solltet diese Geschichte schnell vergessen, die ihr da gerade aufgetischt habt. Ihr macht euch damit höchstens lächerlich."

Vicky, Jup und Nick klappte die Kinnlade runter. Sie waren sprachlos.

Später, als sie wieder sicher in ihren Kabinen

waren, gingen Jupiter viele Fragen nicht mehr aus dem Kopf. Wie waren sie auf die Titanic gekommen? Hatten sie sich alles nur eingebildet? Wieso war das Geländer über dem Wasser stehen geblieben und erst versunken, nachdem sie gerettet worden waren?

Er hielt es nicht mehr in der Kabine aus und beschloss, noch einmal an Deck zu gehen. Dort war mittlerweile Ruhe eingekehrt. Die Matrosen waren alle schlafen gegangen.

Jupiter trat an die Reling und blickte auf das Meer hinaus, zu der Stelle, wo sich das Schiffsunglück ereignet hatte.

Neben der Atlanta schaukelte das Rettungs-Schlauchboot noch immer auf den Wellen. Man schien vergessen zu haben, es an Bord zu holen.

Jupiter riss die Augen auf, kniff sie wieder zu und riss sie abermals auf.

Nein, er hatte sich nicht verguckt. Eine Gestalt saß in dem Boot. Sie kam Jupiter bekannt vor. Es war der Seher Nero Nemellis, von dem er in den Unterlagen seines Vaters gelesen hatte.

DAS ENDE DES FLUCHS

„Wo kommt der Nebel plötzlich her?“, murmelte Jupiter. Innerhalb von Sekunden hatte sich eine dicke Nebeldecke über der Meeresoberfläche ausgebreitet. Die weißen Schwaden gerieten in Bewegung und begannen, sich zu Gesichtern zu formen.

Jupiter wich von der Reling zurück.

Es waren die Gesichter von Frauen und Männern, die aus dem Wasser aufgetaucht waren. Ernst und traurig blickten sie zu ihm.

Jupiter wollte nur noch verschwinden.

Ganz langsam stiegen die weißen Gestalten aus dem Wasser und gingen mit andächtigen Schritten durch die Nebeldecke. Sie kamen direkt auf die Atlanta zu.

Jupiter wollte unter Deck, doch seine Beine bewegten sich nicht. Wie angewachsen stand er da und verfolgte fassungslos den Spuk.

Wie in Zeitlupe hoben die Leute die Arme und winkten ihm zu.

Ganz vorne, in der ersten Reihe, erkannte Jupiter den Kapitän der Titanic. Die ernste Miene, mit der er auf allen Fotos zu sehen war, verwandelte sich in ein schwaches Lächeln.

Ein Windstoß fegte über das Meer und zerriss die Nebelschwaden. Die Gestalten lösten sich auf.

Auch das Rettungsboot war wieder leer. Nero Nemellis war verschwunden.

Von hinten legten sich Hände auf Jups Schultern. Mit einem erschrockenen Aufschrei drehte er sich um.

„Ach, du bist es nur!“, seufzte er erleichtert.

„Nette Begrüßung!“, stellte Vicky trocken fest.

„Du glaubst nie, was ich gerade gesehen habe“, sagte Jupiter leise. Er berichtete ihr von seinen Beobachtungen und wartete gespannt auf ihre Reaktion.

Aber Vicky lachte ihn nicht aus. Sie hatte auch eine Idee, wer bei ihrer Rettung mitgeholfen hatte: „Nero Nemellis war es. Er hat uns über Wasser gehalten und uns den Weg aus dem Lift und die Leuchtraketen gezeigt. Er wollte, dass wir gefunden werden.“

„Und warum?“

„Ist doch klar. Damit er mit uns auf das Rettungsboot kommen kann. Verstehst du? Er wurde jetzt auch gerettet. Damit scheint der Fluch aufgehoben worden zu sein. Deshalb die Gestalten im Nebel. Sie finden endlich Ruhe.“

„Die Titanic wird nie wieder zurückkehren“, murmelte Jupiter und blickte auf das Meer hinaus.

„Was wohl jetzt aus Nero Nemellis wird?“, wunderte sich Vicky.

„Und warum haben mein Vater und die Seeleute das Geisterschiff nicht gesehen?“

Vicky zuckte mit den Schultern. Auf diese Frage wusste selbst sie keine Antwort.

Am nächsten Tag nahm die Atlanta Kurs auf Kanada, wo Professor Katz und der Gruselclub an Land gehen sollten.

Der Professor rief Jupiter eines Nachmittags zu sich, weil er ihm etwas Wichtiges sagen musste: „Wir haben das Geisterschiff alle gesehen.“

Also doch. Aber warum hatte es der Professor dann geleugnet?

„Mister Kellahan, der die Forschungsreise bezahlt hat, will es so. Die Unglücksstelle soll keine Touristen-Attraktion werden. Außerdem ist etwas Seltsames geschehen. Als wir euch an Bord geholt haben, hat Jeff zu uns allen warnend gesagt: Haltet besser euren Mund, denn das war die letzte Fahrt der Titanic.“

Jupiter runzelte die Stirn. Er versuchte, seinem Vater noch einmal klarzumachen, dass Nick, Vicky und er sich tatsächlich an Bord der Titanic befunden hatten. Der Professor glaubte ihm aber kein Wort.

Nach vier Tagen Fahrt hatten sie den Hafen erreicht. Jup hatte immer wieder versucht, mit Jeff ins Gespräch zu kommen, doch der Seemann war ihm aus dem Weg gegangen.

Erst als Jupiter ihm zum Abschied die Hand schüttelte, sagte er: „Danke!"

„Wofür?", wollte Jup wissen.

Jeff aber gab ihm keine Antwort und ging.

Jupiter überkam ein unheimliches Gefühl. Er folgte Jeff zu einem kleinen Parkplatz, wo er in einen schwarzen Wagen stieg und abfuhr.

Das Kennzeichen lautete „Nero N."

Durch die Heckscheibe winkte ihm jemand zu. Jup wurde blass.

Nick und Vicky kamen zu ihrem Cousin gelaufen. „Mensch, du siehst aus, als hättest du gerade einen Geist gesehen", meinte Vicky.

Jupiter verzog das Gesicht. „Einen? Ich glaube, es waren zwei. Mindestens!"

Thomas C. Brezina

Geburtstag: 30. Januar
Lebt in Wien und London und reist gerne herum.
Beruf: Geschichtenerzähler

Thomas, hast du schon etwas Gruseliges erlebt?
Ja, ein paar Mal. Vor einiger Zeit, an einem Herbstabend, hatte ich das Gefühl, ein Unsichtbarer schleicht die Treppe zu meinem Schreibzimmer hoch. Die Stufen haben geknackt, aber es war niemand zu sehen.
Die Erklärung für den Spuk: Das Holz der Treppen hat sich zusammengezogen, als es kühler wurde. Es hatte meine Schritte ‚gespeichert' und deshalb hat es geklungen, als würde jemand heraufkommen.

Hast du dich früher allein in deinem Zimmer gefürchtet?
Ganz ehrlich: Ja. Ich bin sicher nicht der Mutigste. Deshalb schreibe ich unheimliche und spannende Geschichten: Ich kann alles erfinden, was ich gerne erleben würde.

Sammelst du etwas?
Ich sammle verschiedene Sachen. Dinge, die ich auf meinen Reisen so finde. Besonders stolz bin ich auf ein versteinertes Saurier-Ei. Es ist echt. Vielleicht schlüpft einmal ein Saurier ...
Na ja, das ist nur ein Scherz. Aber so könnte eine neue Geschichte beginnen ...

EIN FALL FÜR DICH UND DAS TIGER-TEAM

Auf der Suche nach einem Schatz landen Luk, Biggi und Patrick auf einer einsamen Insel, wo sie im Donnertempel eine schaurige Überraschung erwartet! Unheimliche Dinge gehen auch auf dem Gestüt der Guttmanns vor sich, und eine gespenstische Silhouette am Nachthimmel hält das Tiger-Team in Atem.

Sammelband 1: Die Fälle 1 bis 3

ISBN 978-3-505-13129-5

Kinder lieben Schneiderbücher!

www.schneiderbuch.de

Das Tiger-Team ermittelt!
Gemeinsam mit dem Leser finden Luk, Biggi und Patrick die gestohlene Roboter-Rüstung in London, lösen das Rätsel des unheimlichen Totenkopf-Helms und entdecken das vergessene Verlies.

Sammelband 2: Die Ritter-Fälle
ISBN 978-3-505-13185-1

Mit zahlreichen Illustrationen und einem multifunktionalen Decoder zum Miträtseln!

Eine Mumie am Steuer eines Autos? Biggi, Luk und Patrick trauen ihren Augen nicht, als sie die unheimliche Gestalt sehen! Doch das ist nicht der einzige Schrecken für die drei Detektive: Als Forscher ein Pharaonengrab öffnen, ziehen sie den Zorn des uralten Grabwächters auf sich, und auch sonst warten in Ägypten allerlei Abenteuer, die das Tiger-Team in eine Vergangenheit voller Geheimnisse führen …

Sammelband 3: Die Mumien-Fälle
ISBN 978-3-505-13366-4

Thomas C. Brezina
Ein Fall für dich und das Tiger-Team
Jeweils drei spannende Abenteuer in einem Buch!
je ca. 400 Seiten, gebunden
€ 12,99 [D]

Schneiderbuch
EGMONT

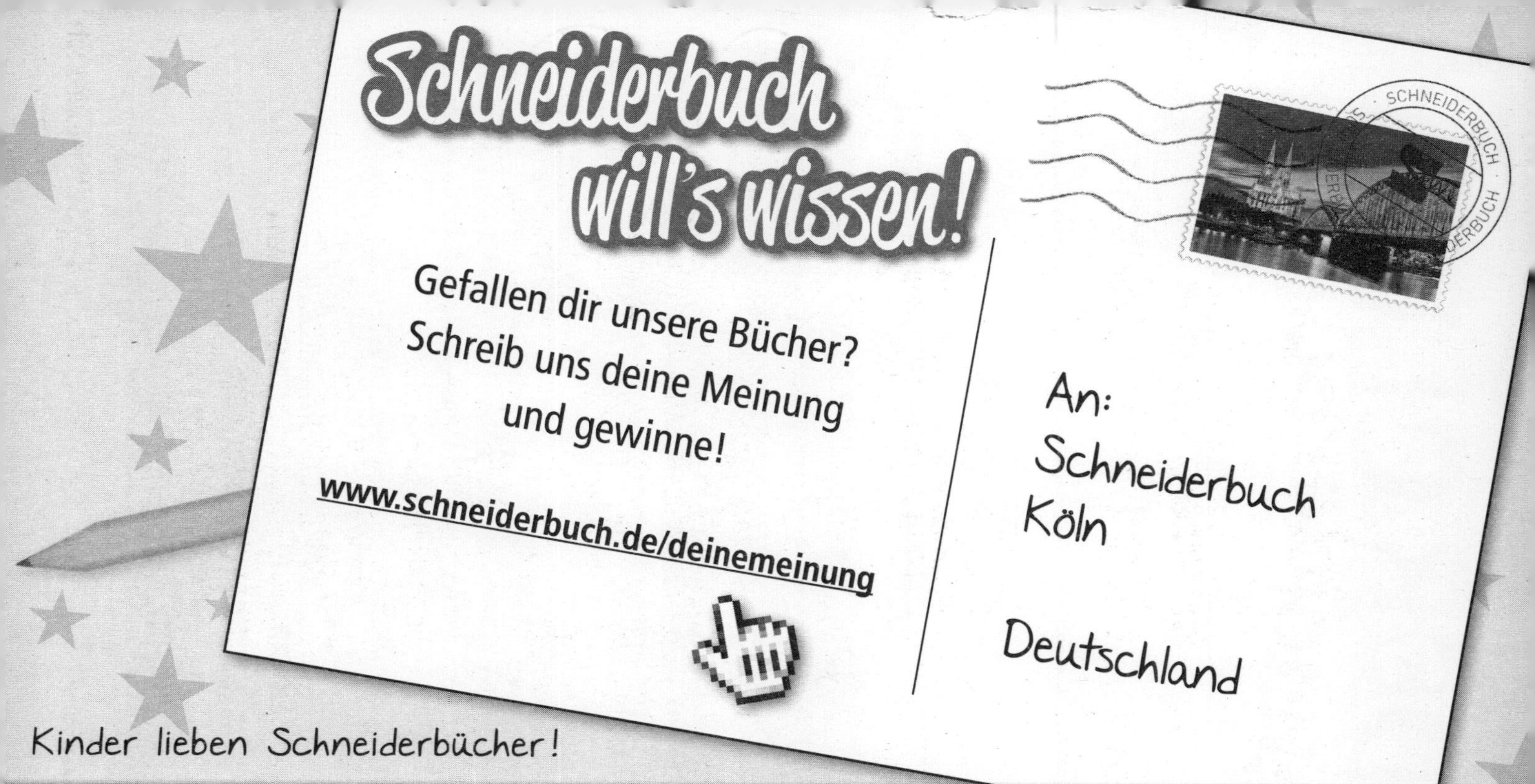
Schneiderbuch will's wissen!
Gefallen dir unsere Bücher? Schreib uns deine Meinung und gewinne!
www.schneiderbuch.de/deinemeinung
An:
Schneiderbuch
Köln
Deutschland
SCHNEIDERBUCH
Kinder lieben Schneiderbücher!

DER CLUB
NAME: Jupiter Katz
Wer Ordnung hält, ist nur zu faul zum Suchen!
Jupiter Katz
NAME: Vicky
Warum ist
Taschengel
viel Mona
Vicky Schwarzbusch